講談社文庫

大江戸怪談どたんばたん《土壇場譚》

魂《たま》豆《どう》腐《ふ》

平山夢明

講談社

日向子ちゃん、　あれからもう十二年になるんですってねえ……

◎目次

大江戸怪談 どたんばたん《土壇場譚》

魂豆腐《たまどうふ》

放《はな》ち亀

黒門町《くろもんちょう》に弥一《やいち》という者がいた。

上野《うえの》山下《やました》のまる鍋屋《スッポン》の板前なのだが、店に行くと妙な噺《はなし》を聞かせてきた。

「旦那、例の放ち亀なんですがね……」

「ああ、最近大川《おおかわ》端に出てる奴だね」

「ええ」

放ち亀とはちょっとした縁起物で、客が縛られた亀を買い取り、それをそばの川なり池なりに逃《のが》すことで後の功徳《くどく》を願う、一種遊びのような呪《まじな》いであった。

「どうかしたのかい」

「仲間に銀蔵《ぎんぞう》って、吝嗇《けち》な野郎がいましてね。まあ、そこそこの料理人《うで》なんですが、此《これ》が……」

ある祭礼の日、女房子供を連れての帰り道、ふと放ち亀に目をとめた。

「おう、一匹頼むぜ。威勢の良いのをよ」

銀蔵は放るように銭を渡し、それから懐手《ふところで》で、甲羅《こうら》を荒縄で縛られた亀の群れる盥《たらい》を眺めた。

亀屋は無言でなかの一匹を取ると、六つになる銀蔵の倅《せがれ》に渡したという。

放ち亀では、暗黙のうちに客はそばの川に放つことになっている。亀屋はここに網を沈めており、あとで客の逃した亀を拾い上げ、また盥に戻すのである。

ところが銀蔵は、倅の手を取るとそのまま歩き出してしまった。

「おど……」

亀屋の視線を感じた倅が、慌て気味に父御《ててご》を見上げた。

「あんた、どうすんのさ」

女房も当惑気味に声を発した。

「なあに、こっちは銭を払ったんだ。どこに亀を放とうがこっちの好き勝手よ」

銀蔵は袖をひょいとまくり、昔遊びで入れた刺青《いれずみ》の端を、亀屋にひけらかすようにしながら大川の橋を渡ってしまった。

亀屋は、最後まで無言であったという。

「で、その銀蔵の野郎。亀を手前《てめえ》の長屋にもってきて、金魚鉢のなかに放したってわけなんです」

「金魚鉢じゃ放したことにならんだろう」

「なんですがね。とにかくこの野郎、ドのつくしみったれで。まあ、本人の言《げん》じゃ一刻も早く担《かつ》ぎ屋台のひとつでも持って、ゆくゆくは店にしてえと思うがゆえの吝嗇なんだっててんですがね。とにかく味も素っ気もない、掛けそばみてえな野郎で」

二、三日もすると、そんな顚末《てんまつ》もすっかり忘れ、銀蔵はもとより、倅も金魚鉢から亀を出してては日がな一日、嬉しそうに眺めてばかりいた。

そんな折、銀蔵の女房が妙な夢を見た。

「それが亀屋の夢らしいんですよ」

亀屋は、女房を正面から終始無言ではっしと睨《にら》みつけたままだったという。

ただ、そのあいだじゅう読経のようなものが聞こえていて、目が覚めると脂汗《あぶら》で襦袢《じゆばん》がぐっしょりと濡れていた。

「で、嬶《かかあ》は銀蔵に意見したらしいんですけどね。ちょいとあんた、あの亀は験《げん》が悪いよ、返そうよって……。ところが銀蔵の野郎は頑《がん》として首を縦に振らない。なにか返すと自分が負けた気にでもなるらしくってね。しまいには、嬶が倅には別の亀を買ってやりゃあいい、もしあんたが厭《いや》ならわたしの蓄えもあるし……とそこまで云ったら、あの莫迦《ばか》、嬶を張り倒したってんですから、どうしようもありやせん」

銀蔵は、亀の甲羅に包丁で印をつけると、別の亀と入れ替えられぬようにした。女房は殴られた時の、まるで人が違ってしまったかのような銀蔵の目が怖ろしく、それっきり憂鬱な顔はしても、ぽっきり口を出さなくなった。

そんなある日、倅が消えた。

「吝嗇ですけれど……だからこそでしょうかねぇ？　銀蔵のやつはひどく子煩悩なとこがありやしたから。すぐさま自身番《じしんばん》に駆け込んで大騒ぎ、長屋連中も総出で大川や井戸、藪《やぶ》から岸のすすき野まで捜し回ったんですがね」

煙のように跡形もなかった。

「第一、倅は嬶が針仕事をしている脇にいたっていうじゃありませんか。その横で亀をあっちへ行かしたり、こっちへ行かしたりして遊んでたっていうんです。それがふと顔をあげるといなくなってたっていうんですから……」

次第に人の仕業ではなかろうとの噂《うわさ》がたった。

目前で子を失った女房は見る影もなくやつれ果て、銀蔵もすっかり仕事に身が入らず呆《ほう》けたようになってしまった。

〈おど……〉

ある夜更け、ひとり酒を呷《あお》っていた銀蔵は、ふと枯葉が擦れ合うほどの小さな声を聞いた。

〈おど……〉

倅の声だった。

はっとして辺りを見回したが、部屋にいるのは深い哀《かな》しみを眉間《みけん》に刻んで寝ている女房のみ。

〈おど……だして……〉

銀蔵、その声に疑い無しと倅の名を呼んだ。するとそれに応ずるかのように〈だして……だして……おど……ここは暗い〉と更に声が続いた。

「ど、どこだ？」

矢も盾もたまらず銀蔵は立ち上がり、狭い部屋を見回す。が、倅の気配は絶えてなし。

「おめえ、どこだ！」

ひと声発し、耳を澄ますと再び声。

気配を逃してはならじと軀《からだ》を耳にし、銀蔵は声のした辺りに目をやった。

小簞笥《こだんす》の脇に、退けられていた金魚鉢がひとつ。

それには亀が一匹いるばかり。

銀蔵が訝《いぶか》しげに覗《のぞ》き込むと、普段鉢の中では寝てばかりの亀が珍しく首を伸ばし見上げていた。

〈……おど〉

今度はしっかと声を聞いた。

振り返れば女房までが蒲団から起き上がっている。

銀蔵が掴《つか》み出《だ》すと、驚いた亀は手足首尾を見る間に甲羅に埋めてしまった。

〈だして……だして……おど……〉

〈おど……〉

首の穴はそれの面《つら》と肉で埋められている。

「どうすればいいんじゃ」

〈だして……だして……くるしい〉

と、それを耳にした途端、銀蔵は女房が止めるのも聞かずに包丁をひっ掴むと、甲羅脇へぶすりと刃先を突っ込んだ。それこそ日頃の技さばき、あっと云う間に一周ぐるりと刃を滑らせ、断末魔の亀が思わず首をピンと伸ばすのも構わず甲羅を毟《むし》り取ってしまった。

「ところが……声はそれっきりだったそうです。嬶はすっかり気が触れちまったようで……」

銀蔵から甲羅を取り剥《は》ぐると、狂ったように倅の名を呼びつつ、血肉のこびりついた甲羅裏をぺろりぺろりと舐《な》め始めたという。

二日後、散々に打擲《ちょうちゃく》され襤褸布《ぼろきれ》のようになった銀蔵が店の者に引き立てられ、番屋へやって来た。

「野郎、夜中に忍び込むと店のすっぽんを片っ端から解《あ》けちまいやがったんです。おかげで大損ですよ」

憔悴《しょうすい》しきった銀蔵は、

「せ……倅を捜しておりやした」

と、泪《なみだ》ながらに釈明したという。

人《じん》面《めん》疔《ちょう》

深川《ふかがわ》で魚屋の棒手振《ぼてふ》りをしていた寅吉《とらきち》。

ある時、膝頭の真下にちりちり疼《うず》く吹き出物ができたと思ううち、それが腫れ上がり、人の顔のようになってしまった。

商売に差し支えるといけないからと膝当て代りに襤褸《ぼろ》の大きなものをくりつけていたが、ある日、擦れた皮が破れてしまった。

するとその夜から瘤《こぶ》がぶつぶつと何事かを呟《つぶや》くようになった。

「はっきりした言葉じゃねえんで、何を言ってるのかはわかりやせんがね」

ただ、ぶつぶつ話を始めると痛みが酷《ひど》くなり、ほとほと困った。

仕方なく長屋のご隠居のところへ相談に行くと、「飯を喰《く》わせろ」と云われた。

「昔から人面疔は腹が減ると痛むというからの」

寅吉は云われたとおり、部屋に戻ると破れた皮の口のようになっている部分に飯粒を差し入れた。

するとは瘤はもぐもぐと口のように動き、飯粒は消えた。

「油断してると茶碗《ちゃわん》一杯は軽く喰いやがる。だからといってこっちの腹が膨らむわけじゃありませんから……」

これは厄介なことになったと寅吉は思った。

一度は町医者にも診せたのだが、高価な妙薬を使わなければならぬと云われ断念した。

「だって十両だっていうんですぜ。値段がべらぼうだ」

最初はおっかなびっくり人面疔と付き合っていた寅吉だったが、半年もするとぞんざいになった。

「だってそうでしょう。何もお客扱いすることないんですよ。云ってみりゃ向こうが勝手に間借りしに来やがったんだからね」

その頃になると、人面疔は「ばか」「くれ」「おい」などと多少は人語を話すようになったという。

「あんまりうるせえ時なんかはね、とっちめてやるんでさあ」

どうするんだと訊《き》くと、寅吉は嬉《うれ》しそうにくっくっと笑い。

「場所が場所なんで小便をかけてやるんです。ざまあみろです」

大きさも手頃なところで止まっているし、別に慌てて切り取ることもないかと思っていたのだが、やはり痛みが酷くなるとやりきれない。

「それに、こいつの餌代が莫迦《ばか》にならなくなっちまって」

人面疔は白米しか食べないのだという。

稗《ひえ》、粟《あわ》は勿論《もちろん》のこと麦ですら吐き出してしまい、痛みが治まらない。

「なんて贅沢なできもんだと呆れましたけれど……」

ところがある夜、仲間の悪友連《づれ》と岡場所《おかばしょ》にくり出そうということになった時、猛烈に痛みが激しくなった。

「運の悪いことにゃ、たまたまお櫃《ひつ》が空っぽで喰わせるものがなかったんで」

じたばたしているうちに仲間は寅吉を置いていってしまった。

「ちくしょうってね……せっかく馴染《なじ》みが抱けると思ってたから、思わずかーっときちまって」

寅吉は何を思ったのか、台所へ行くと思いっ切り芥子《からし》を練り合わせ、きんきんに辛くなったところで人面疔の口のなかに押し込んだのだという。

「そりゃもう膝が軀から逃げ出すぐらい痛みましたよ。でもこっちにも岡場所の恨みがありますから」

結局、そのせいで寅吉と人面疔は三日ほど寝込むことになった。

が、それから人面疔は見る見る小さくなり始めた。

「ええ、ええ。気がつくと、ひと回りふた回り縮んでるんで」

三月《みつき》もすると跡形もなくなってしまったという。

寅吉はいまでも人面疔で苦しんでいる人がいると、芥子を塗り込みなと勧める。

「要は甘やかしちゃいけないってことなんですよ」

と云ったあと、たまに何もない膝が物寂しいような気もしますけれどね、と付け加えた。

ままねき猫児《ねこ》

　大川《おおかわ》の北岸、真崎明神《まさきみようじん》の側《そば》に〈かなえ〉という煮売屋ができた。主人は平吉《へいきち》、女将《おかみ》はよし乃《の》という若夫婦で小体《こてい》な店だが朝から晩と、よく働いたので繁昌《はんじよう》した。もとは大川で煮売船をしていたふたりだったが、日々懸命に勤めたせいで金も貯《た》まり、いよいよ陸《おか》で店を借りる算段が付いたのだった。

　よし乃のお腹《なか》には平吉の仔が棲《す》まっていた。育ちも順調で秋の声を聞く頃には世に出るだろうとの見立てであった。

　品物は焼豆腐、蒟蒻《こんにやく》、慈姑《くわい》、蓮根《れんこん》、牛蒡《ごぼう》、刻鯣《きざみするめ》それぞれを甘辛く煮た物。それに煮豆、嘗《な》め味噌《みそ》などであった。

　ところが順調に見えた商《あきな》いに影が差した。厭《いや》、正確には商いではない――よし乃であった。彼女の軀《からだ》から異臭がするのである。始めは材料が古くなったのかと思い、平吉は疑わしいものは除《よ》ける、もしくは仕入れ先を変えるなどしていたが店の中に立《た》ち籠《こ》める異臭は日を増すごとに強まっていく。やがては軒先に足を踏み入れた客が高鼻をひくつかせ、そのまま踵《きびす》を返していく事態となった。忽《たちま》ち、

——かなえでは、鯘《あざ》れものを客に売る。

——あの嬶《かかあ》は花柳病だ。

との噂《うわさ》が立った。

よし乃は己の異臭を酷く羞《は》じ、それこそ馴染《なじ》みの小間物売りに頼んで良い化粧道具、香を使ったりもしたが、その悉《ことごと》くが甲斐《かい》なく、徒《いたずら》に空費するだけとなった。平吉はよし乃に長屋で休むよう告げた。が、所詮《しょせん》はひとりで切り回すには限界がある。煮物の数は限られてくるし、そもそも一度立ってしまった悪評を覆《くつがえ》すだけの商いへの馬力が足りない。

二日ほどは休んでいても、やはり手伝いをしなければならなくなる。すると、やはり臭いが店一杯に横溢《おういつ》する。障子に〈おわいや〉《汚穢屋》と落書きされているのを見、よし乃は指で障子紙を引き裂き、そのまま膝から頽《くずお》れ、平吉に縋《すが》り離縁してくれと頼んだ。

平吉が、おれにゃそれはできねえよ、と告げると、よし乃は真っ赤に腫らした目

を上げ、それでは折角《せっかく》、苦労して手に入れた店が駄目になってしまうよと、震える唇で呟《つぶや》いた。

平吉はそれならそれで元の煮売船か、それでも駄目なら棒手振《ぼてふ》りになったってかまやしねえと云い放った。ところが、よし乃の悪臭の元は腹の子ではないかと推察した者がある——医師である。腹のなかで大いに異変が起きているのでそれが全身の毛穴から漏れ出《い》でているのではという見立てであった。これには平吉も黝《あおぐろ》くだんまりを決め込む他なかった。それを聞いたよし乃は立ち所に店を離れ、真崎明神へ三度《みたび》のお百度を踏み始めた。

このままでは腹の子はいずれ腐れて死ぬであろう。そう告げた医師の言葉が若いふたりを雁字搦《がんじがら》めにしていた。そんな時、大きな山伏がお百度の紙縒《こより》を手に境内を巡るよし乃を見留めた。訳も云《い》わずにまず腹の子が臭うのは〈障り〉と闘っているからだと告げた。よし乃は藁《わら》にもすがる思いで今までの経緯《いきさつ》を話した。

見上げるような偉丈夫を連れ戻った女房に仰天しつつも、平吉も山伏にすがった。修験者は土間に立つと「此処《ここ》か」と、ぽつり呟き、不意に金剛杖《こんごうづえ》を突き込んだ。異様な悲鳴がし、山伏が土中より抜いた杖の先にひと抱えほどもある〈漆黒の猫の塊〉が現れた。猫はひとつひとつは拳《こぶし》ほどだが、叫び、歯嚙《はが》みしながら杖にまとわりつきながら、ぐるぐると回転していた。ふたりが愕然《がくぜん》とするなか山伏は印を切り、それらを一喝、雲散霧消させた。

「なぜ化け猫が……」

納得のいかない様子の平吉に山伏が棚に飾ってある招き猫を手に取った。それは右前足を高く上げたものだった。山伏はそれを眺め付け「これは」と問うた。

夫婦は互いに相手が購《あがな》ったものだと云い、そうではないことに驚いた。

「じゃ、じゃあ、どうしてその招き猫が」

「招き猫ではない。この尾をしっかと見よ」

山伏は猫の背中をふたりに見せた。そこにはしっかりと二股に分かれた尾があった。

「猫又だ。このようなものを飾れば変事怪事を呼び込むこと必定。しかも、この高々とした右前足の上げようを見よ。近在のありとあらゆる凶事災難を呼びこもうとしておる。妻殿《さいどの》の赤子《ややこ》は未《いま》だ神なる身ゆえ、そなたらを救おうと孤軍奮闘していたのだ。その澱《おり》や垢《あか》が臭いとして放たれていただけのこと」

ふたりは泪《なみだ》を零《こぼ》しながらよし乃の腹に手を当て、ならばどうすれば良いでしょうと訊《たず》ねた。「わざわざこのようなものを作らせ、こっそり運び入れるとは相手の怨念は相当深い、これを断てば呪詛《じゅそ》は相手に返り、死ぬかもしれんが良いか」

山伏の問いにふたりは頷《うなず》き、山伏はそれを確めてから改めて九字の印を切り、大喝した。

偽招き猫はぼっくりと音をさせ山伏の手の上で粉と崩落した。

ふたりが礼をするというのを固辞して山伏は去った。

翌日、よし乃の幼馴染《おさななじ》みでもある煮売船頭のひとりが川に塡《は》まって溺死した。

よし乃が無事出産したのは丸々と肥《ふと》った男子で長じてからは殊《こと》の外《ほか》、猫を好んだという。

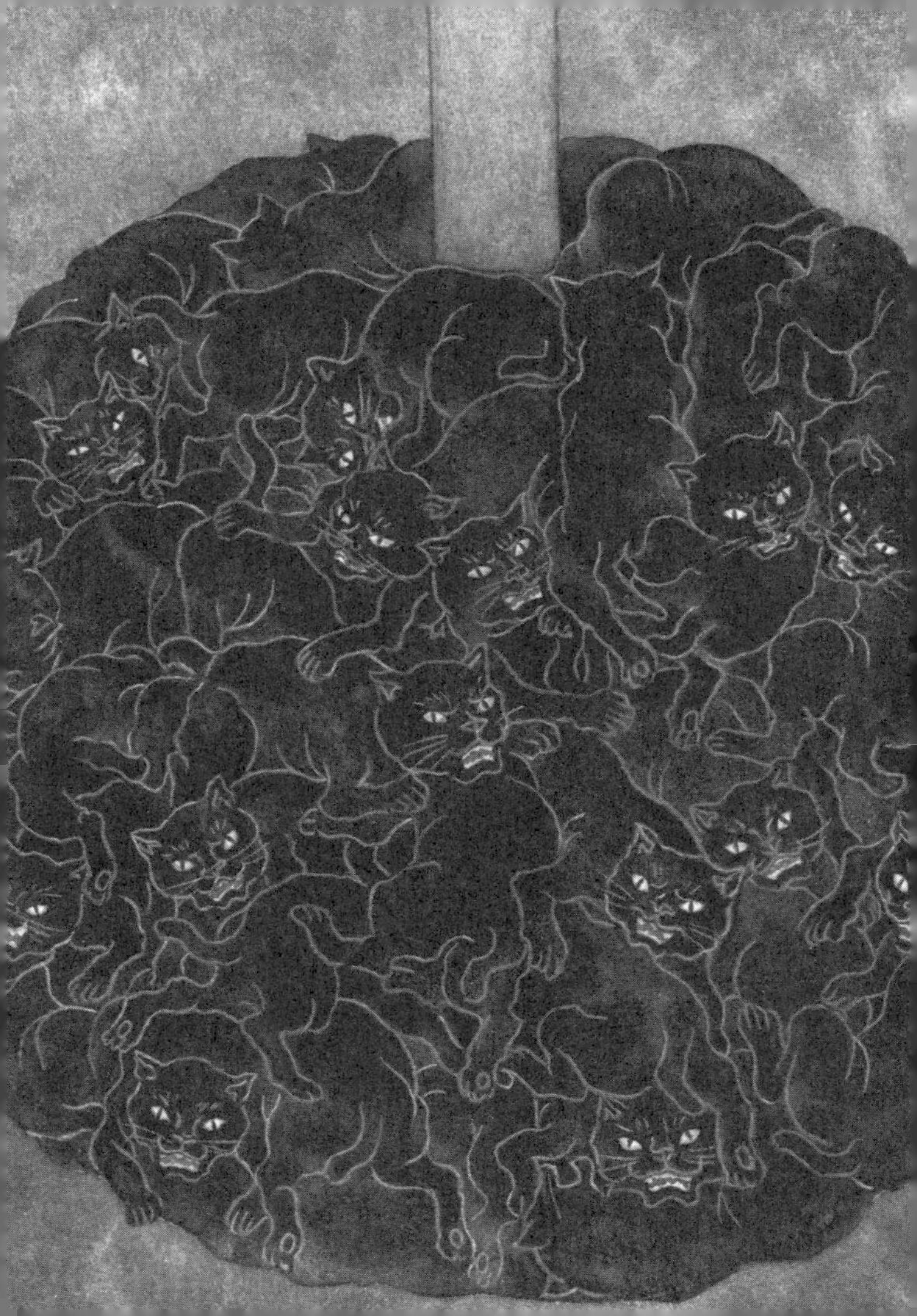

一回こっきりの

本所《ほんじょ》で油売りをしている矢七《やしち》の話。

「あっしはとにかく呑《の》むと駄目なんですよ。弱くはねえんだが、とになく眠くなっちまって仕方がない」

そんな矢七がある晩、仲間と一緒に神田川《かんだがわ》沿いの居酒屋で一杯やっていた。

「で、どうもその頃から憶えがねえんですけれど」

矢七は厠《かわや》へ立ったのだという。

ところがいくら待っても帰ってこない。

厠を覗《のぞ》くと誰もいない。

「おい、もしかすると小便ついでに川へ落っこってないか？」

と、大騒ぎになった。

仲間が慌てて土手と橋から川を望むと、あろうことか矢七が浮かんでいた。

「あの莫迦《ばか》野郎！　死んじまったって誰もが思ったそうなんですよ」

ところがよく見ると様子がおかしい。

「浮かぶにしても浮かびすぎてたんです」

要は川面《かわも》に寝ていたのである。

「あっしはひんやりしてて気持ち良いなぁって思ってただけなんですけれど」

矢七はまるで、川面が板でできているかのように俯《うつぶ》せたまま寝ていたのである。

仲間は大慌てで矢七を呼び立てた。

その声にやっと目が覚めた矢七。

川の上に身を起こし「なんだよ。うるせえな」と返事をした途端。

ざぶりと今度は本当に川に落っこちた。

「あれっきりなんですがね。なかにはもう一回やれなんていう莫迦もいますが、あんなこと何度もできるわけがありやせんよ」

矢七は苦笑いした。

「ま、自業自得ってことなんでしょうけどもねぇ」

本所《ほんじょ》は津軽《つがる》屋敷の渡り中間《ちゅうげん》、猪吉《いのきち》が不思議なこともあるもんですよねぇ、と縁側に腰かけるなり話し始めた。

「博打《ばくち》仲間のひとりだったんですよ。彫物師でね。腕は良いんですよ。指先の小器用な野郎でしてね。上は竜から下は吉原太夫《よしわらたゆう》の入れぼくろまで、銭になりゃなんでも請け負うって手合いでしてね。当たりめえに暮らしてりゃ、結構な暮らしもできたんでしょうけれども、そこはそれ、博打の水は血より濃いってね。年がら年中、賭場に出入りしちゃあ、すってんてんになってましたよね」

その彫物師、本名を五郎蔵《ごろぞう》、渾名《あだな》を彫鉄《ほりてつ》といった。

「三十路《みそじ》をちょい過ぎたくれえの男でしてね。黙ってりゃなかなかの面《つら》なんですよ。ただ少し癇性《かんしょう》でねぇ。いきなり不機嫌になったりしやがって、こっちも何が気に入らねえのか全くわからねえんで。ありゃ、あれですね、きっと本人もなんで怒ってるんだか気が塞ぐのか、わかってねえんでしょう」

彫鉄は箕輪《みのわ》は火葬寺近くの百姓家を借りていた。

「刺青《いれずみ》ってのは時間も銭もかかりますからねぇ。それに客からすりゃ、あんまり人目につかないほうが良い。田圃《たんぼ》んなかの一軒家は丁度、塩梅《あんばい》がよかったんですよ」

彫鉄の客は、そのほとんどが鉄火肌を売り物にしたがる祭り好きの若衆か侠客《きょうかく》、それに遊女だった。

そんなところに妙な客が現れた。

「夫婦でね、お願いしますとやってきたらしいんですがね。夫婦者で入れようってのも珍しいが、それよりもっと驚いたのは、奴ら、目が不自由だったんですよ」

訳を訊《き》けば、彫鉄の客から紹介されたという。

「こちらは大層、腕が良いと評判を聞きまして、へい。それで参ったような次第でございます」

頭を剃り上げた男はそう云った。

その傍《かたわ》らに棒っきれのように影の薄い女が隠れるようにして立っていた。

「彫鉄の話じゃ、男は座頭らしくもねえし、女のほうもそれ風の仕事をもっている風でなし。もしかすると心中の生き残りじゃねえかといってましたねぇ」

通常、心中事件を起こし未遂に終われば厳しい沙汰が下る。だが、なかには検使の裁量で表沙汰にせず済ます、〈内済〉の処置が執られることも少なくなかった。

「だから彫鉄は、奴らがこれから離れ離れになるか、それとも既にどこからか駆け落ちしてきたのか、どっちかじゃねえかと思ったらしいんで」

いずれにせよ、銭さえ貰《もら》えば犬にだって彫ろうという彫鉄、金があるのを確認すれば、ふたりの頼みを断るはずもなかった。

「七日はかかるぜ」

その言葉にふたりは頷《うなず》いた。

「とにかく証をこの身に刻んでおきたいんでございます。お願い申し上げます」

彫鉄が承諾してくれそうだと判ると、ふたりは、それこそ土間に額を擦りつけるようにして喜んだ。

やがて彫りが始まった。

「一応、彫鉄が思案したのは歌舞伎、蝶《ちょう》の道行《みちゆき》の佐国《すけくに》と小槇《こまき》。演目どおりに心中しようとして生き残った奴らにはうってつけだと思ったらしく、当人たちもえらく気に入ってたらしいんですよ」

ところがどうしたことか、いざ彫る段になると、彫鉄は図案をがらりと変えてしまった。

「あっしの思うところ、たぶん悪ねじけが起きたんですよ。自分でもどうしようもない、あの苛々した気分がね。目は不自由とはいえ、仲睦《なかむつ》まじそうにしているふたりを見て憎くなったんじゃねえですかねぇ」

猪吉の云うとおりかもしれない。

彫鉄はふたりが見えないのを良いことに、あろうことか西遊記《さいゆうき》の孫悟空《そんごくう》と八犬伝《はっけんでん》の八房《やつふさ》をそれぞれに彫り抜いてしまったという。

「まさに犬猿の仲じゃないですか。冗談にしちゃ質《たち》が悪かった」

〝済んだよ〟

長い我慢のすえ、ようやく仲睦まじい画が彫り上がったと吹き込まれたふたりは、天にも昇る気持ちであったろう。

代金の他、〈気持ち〉と云いながら多すぎる謝礼を包んだところにも、如何《いか》に彼らが信じ切っていたかがよく表れている。

「で、そのふたりなんですが、どうも東海道《とうかいどう》を西に下って行ったらしいんです」

ところが旅が進むに連れ、どうにもふたりの関係が怪しくなってきた。

いままでは、片方が休もうといえばもう片方は黙って従ったものだったが、もう少し先へ行こうといい、ちょっとしたものの弾みでぶつかることが多くなった。

「で、とうとう大井川《おおいがわ》に来た時には、相当仲が悪くなっちまっていたそうで」

折り悪しく、ふたりが東側の島田宿《しまだしゅく》に着くと、増水のため川留めになってしまった。

「もうそうなっちまったら動けるもんじゃありません。ふたりはひとつ部屋のなかで息を潜めてじっと川留めの解けるのを待っていたんでしょう」

結局、川が渡れるようになるまで三日かかった。

「でも、渡れるようになったといっても増水後ですからね。流れは急だし、水かさは増してるしでかなり危なかったらしいんですよ。あそこには渡し船はありませんからね」

男は川越え人足に、神輿《みこし》の担ぎ手部分だけのような手摺《てすり》のない平輦台《ひられんだい》を頼んだ。人足はふたりを見て、手摺のある半手摺二本棒か四方手摺二本棒輦台を勧めたが、なぜか男は、頑《がん》として平輦台だと譲らなかった。

さて、ふたりを乗せた輦台が入ると、やはり川は勢いを増していた。目は見えずとも、それは川越え人足の声のかけ様で明らかだった。唸りをあげて流れる川をざぶりざぶりと進むうち、さすがに心細くなったのか、女の方が身を寄せてきた。

が、どうした弾みか、女がたまたま髪に挿していた簪《かんざし》が、男の盲《めし》いた目をしたたかに打ったのだという。

「痛っ！」

男は大仰に痛がると、反射的に女の軀《からだ》を邪険に押しやった。

ここに手摺があれば問題はなかったのだが、ただでさえ右に左に揺れる輦台。その上で突き飛ばされたものだから女はたまらない。

「あ！」

と、ひと声発しただけで、ざぶーんと川に突っ込んでしまった。

その水音の大きさと、人足の「やったぁ」という声で事態をのみ込んだ男は、蒼白になりながら自らも川へと身を投げた。

無論、助かる見込みはない。ないが、女をひとりで逝かせるわけにはいかない。泳ぎながら男のなかで、もとの感情が戻ってきていたのである。

しかし、濁流は容赦をしない。

あっというまに鼻と口が塞がれ、耳が水に呑《の》まれると、あとは何がなんだかわからなくなってしまったという。


「次に気がついたのは、女と一緒に岸に上げられてからだそうです」

男は必死になって傍らに並べられていた女を手探りし、なんの反応も返ってこないのを知ると、女を掻《か》き抱《いだ》き、声を限りに泣いた。

「その様があんまりにも可哀想だってんで、近所の百姓が家に呼んでくれたそうですよ。弔いが済むまで居ろってね」

数日後、侘《わ》びしい弔いが終わり、男が呆けたように寺から出ようとした時、ぽつりと百姓に訊《たず》ねられた。

「あんた方は随分と仲が良さそうに見えたが、どうしてあんな猿と犬の彫り物をしていたんだい？　あれじゃまるで喧嘩《けんか》をそそのかしているようじゃないかい」

男は凍りついた。

「それから十日ぐらい経《た》ってからです。男が彫鉄の家の前で死んだのは」

丁度、彫鉄は留守にしていたのだが、男は自らの喉を剃刀《かみそり》で抉《えぐ》ると、溢《あふ》れる血を両手で受け、家の壁といわず戸といわず、塗りたてた。

「目が見えねえ癖に、死に顔はかっきりと瞼《まぶた》が開いていたそうで、どうしても閉じなかったと聞きます。一応、番所に届け出て、同心が調べたらしいんですけどね。彫鉄が知らぬ存ぜぬで通すと、そのままお沙汰無しになっちまったそうです」

その後も彫鉄は血の跡を洗い流そうともせず、平然と暮らし続けていたという。

「俺たちもさすがに豪気な野郎だなぁって噂《うわさ》してたんですがね」

しかし、その彫鉄、ひと月も経たないうちに殺されてしまった。

下手人は少なくとも十人。いずれも彫鉄の客だった。

十人は別々に彫鉄の寝ているところへ飛び込むと、刃物で突き刺し、抉りまくり、報せ《しら》を受けた同心がやってきた時には、もう彫鉄の姿は蒲団の上で原形を留めていなかったという。

「で、ひとりひとりが上げられたわけですが、その理由が妙なんですよ」

誰ひとりとして、自分がやったとは憶えていないのだという。

「ただ突然、眠いようなぼーっとするような気持ちになって、背中の彫り物が勝手に自分を動かしたようだっていうんです」

とりあえず捕縛された十人に対し処罰がなされたが、その犯意、根拠が余りにも乏しく、離魂病《りこんびょう》の疑いもあるということで沙汰は驚くほど軽いものだった。

縁者のない彫鉄は、浄閑寺《じょうかんじ》に無縁仏として葬られたという。

「奇しくも、それがあの血を塗りたくった男と同じ寺なんです」

猪吉はぷーっと煙管《キセル》を吹くと灰を叩いて出した。

ふところ鏡

日本橋万町《にほんばしよろずちょう》、松雲堂《しょううんどう》の女房おねいは気だての良いことで評判の女だった。

松雲堂はいわゆる文房具を商《あきな》う和漢筆墨所と呼ばれる店で、主人の利平《りへい》は十も歳下のおねいを娘のように可愛《かわい》がり、またおねいもそれに応え、奉公人の間に入って懸命に商いに精を出していた。

その甲斐《かい》あって、利平だけでは中の中、中の下程度であった商いが、中の上、上の中ほどにまで拡がった。

おねいはまた気さくな女で、店のお内儀《かみ》だからといってふんぞり返ることもなく、近隣の長屋を見つけると自ら井戸端に寄り、そこらの女房連中と一緒にさえずるのを何よりの楽しみにしていた。

また仲間内で病人や怪我《けが》人が出るとなれば利平を説得し、些少の工面を融通したりもしたから、長屋のなかにはおねいを〈今菩薩《いまぼさつ》〉と拝まんばかりに呼ぶ者もあったという。

ところがある年の夏、ふとしたことから風邪をこじらせると、あれよあれよというまに容態がおかしくなり、ついには寝ついてしまった。


さて、おねいにはおゆきという七つになる娘がいた。

おゆきと利平に血のつながりはない。

さかのぼること五年前、利平が筆軸の材料となる竹の買い付けに豆州《ずしゅう》（伊豆）に行った際、当時寡婦《かふ》として苦労していたおねいに利平がひと目ぼれし、その場で江戸に連れ帰ってしまったのである。

おゆきはおねいと前夫との間の子であった。

にもかかわらず、利平のおゆきに対する態度は真の親子そのものであった。

そんなこともおねいはたまらずに嬉《うれ》しかった。


「おまえ、遊びにいかんの？」

おねいは自分が寝ついてから先、ほとんど外へ遊びにいかなくなったおゆきが不《ふ》憫《びん》でならなかった。

「かかさんといっしょなら」

おゆきは日がな一日、母の枕辺でひとり、南京鼠《なんきんねずみ》（二十日鼠）を手の中で遊ばせていた。

淋しくしている娘を見かねた利平が、手代《てだい》に買いにやらせたものだった。

既に秋が深い。

寝所から望む庭の柿の実は、夕焼けのように熟していた。

おねいは部屋の隅に溜まった闇がゆっくりと拡がり、蒲団の裾にからみついてくるような気がしてそっと襟元を合わせた。

やがて冬の気配が訪れると、おねいの様子はますますいけなくなった。

三日昏睡し、一日だけ気を取り戻す、そのような状態が続いていた。

容態を訊《たず》ねる利平へ、医者も沈んだ顔を見せるのみであったという。

雲間から陽が差すように意識が回復していたある日、おねいは髪を梳《す》いたあと、縁側に遊ぶおゆきの姿を見つめていた。

「おまえ、ととさんに貰《もら》った南京鼠はどうしたえ」

俯《うつぶ》せたおゆきは両手を顎の下に当て、目を閉じている。

「おゆき？」

「死んだ」

おゆきは目を閉じたままぽつりと呟《つぶや》いた。

「そうかえ……。そうしたらまた別のを貰ってあげようの」

「いらない」

「どうして？　ひとりではつまらんじゃろう」

「死ぬのはいらん」

おゆきの閉じた目から泪《なみだ》の粒がぽろっと出た。

「死ぬもんはいやじゃ！」

そう叫ぶなり、おゆきはおねいの胸元へ体当たりをするように飛び込み、そのまま母親の両の襟を命綱の如く、力一杯自分の軀《からだ》に引き寄せた。

「死なんといて！　かかさん！　死なんといて！　なんにもいらん！　南京鼠もこのおうちも……ほかになんもいらんから死なんといてぇ！」

おねいは無言で娘を抱き、泣いた。

「ひとりになってしまう、かかさんがいなくなったら……だからいかんといて！」

嗚咽《おえつ》する娘を抱きながらおねいは顔をあげた。あげつつ、娘に語りかけた。

「ひとりにはせんよ。かかはずうっとおゆきとおる」

そう呟きながらおゆきの髪を撫《な》で、背中をそっと撫でる。

「ほんと？」

泪に濡れた娘の顔を見つめると、おねいは微笑んで頷《うなず》いた。


翌春、おねいは逝った。

利平は、いまわの際におねいに頼まれたという手鏡をおゆきに渡した。

「かかさんはおまえにそれをやりたいと言ってな、死ぬまでしっかりと胸元に入れておった。大切にするんだよ」

「はい」

おゆきは泪も枯れ果てた小さな顔を向け、受け取った。

以来、暇さえあればおゆきは手鏡を覗《のぞ》き込んでいた。起きている時はもちろん、寝る時も傍に置いている。妙に思った利平が訊ねても、くすくすと笑って答えない。

「鏡のなかにはおっかさんが住んでおりました。始めは置いてある鏡の隅をちらっと人影がよぎったり、お顔のほんの端だけ映っていたり。目の間違いかなと思いましたけど、それにしては度々のことで……。ある日、長屋のいたずら小僧に負かされて部屋に籠もって泣いてますと、名が呼ばれましたのでございます」

〈……おゆき……〉

声のするほうには手鏡がひとつ。ぽつりと畳の上に落ちていた。

おゆきが覗くと、鏡のなかに微笑む母の顔があった。

「それからは淋しさもだいぶ和らぎました。あれから二十年、いまも手鏡はこうして持っておりまする」

しかし、最近はわざわざあの手鏡でなくとも母の姿を見ることができるという。

「御陰様で今年で母と歳が並びました。いまではどの鏡に向かっても、母がいるようで……」

利平から譲られた大店《おおだな》のお内儀らしく、おゆきは丸髷《まるまげ》を直す振りで楚々《そそ》と微笑した。

狸《たぬき》の駄賃

豆州《ずしゅう》は韮山《にらやま》から修善寺《しゅぜんじ》に抜ける街道沿い、お市《いち》は父の代から茶屋をしている。商《あきな》っているのは焼き団子に麦湯、それに豆腐飯、大根飯などだが、味付けにひと工夫されていて、なかなかに評判が良い。

「わたしが子供の時の話なんですけどね」

お市は教えてくれた。

「この茶屋のすぐ脇を下りた山肌に、狸が住んでいたんですよ」

狸は毎日毎日、店の前に来ては、じっと人間の為すことを眺めていたという。

「別に悪さをするわけじゃないからと、おとっつぁんも権十《ごんじゅう》なぞと名前をつけて、そのままにしていたし、たまに残りものなんかをやってたんですけどね」

ある年の暮れ、日も既に暮れてしまった街道からは、ぱったりと人気《ひとけ》がなくなった。

「そろそろ仕舞うか」

父の声に仕舞い仕度に取りかかると、戸口に人影が立った。

見ると、旅支度の僧侶が仏頂面をしている。

「ああ、坊様どうも。気づきませんで相済みません」

母が僧侶を席に案内したという。

僧侶は大根飯と焼き団子を注文した。

お市は入口の縁台に腰かけながら、ぼんやり僧侶を眺めていた。

やがて注文の品がやってくると、僧侶はまず団子を食べ出したという。

「それがね、おかしいんですよ。まず皿を鼻の前にもっていって散々嗅ぐんです」

さらに僧侶は箸が使えなかった。

団子は串を摑《つか》めば食べられてしまうのだが大根飯は箸が使えないと具合が悪い。

お市は、両親がそんな僧侶の様子を見ながらにやにやしているのを見て、台所へと入っていった。

「見てな。ありゃ絶対に権十狸だぜ」

父は面白くて仕方がないという風に見えた。

僧侶は店に人がいなくなったと見るや、手を使って大根飯をあっという間に平らげてしまった。

「おい、お茶を出しておあげ。それと銭はもってねえだろうから、厠《かわや》はこちらですといって店の横木戸を開けといてやんな」

お市は父に云《い》われたとおりにした。

すると僧侶は何事かぶつぶつ呟《つぶや》きながら、厠へ行くふりをして外へ出て行った。

お市はあとをつけたが、既に姿はなかった。

膳の上には小さな石ころがふたつ。

「な？　おっ父《とう》のいったとおりだろう」

怒るでもなく、父は石を見つけると笑った。


それからも時折、権十狸は人に化けてはやってきた。

お市の両親はその度に人間にするように接し、食事を摂《と》らせたという。

膳にはいつも石がふたつみっつ置かれていた。

「石は母が捨てようとしたので、全部私が貰《もら》いました。川の水で磨くと、とても綺麗な色になる石で、なかには振ると水の音のするものもあったんです」
権十は家族をもたなかった。
「あれが坊さんに化けるのも納得だわな」
父は酔うとよく権十の話をして笑った。
お市が十七になった年、権十は早駆けの馬に引っかけられ死んだ。
父は茶屋の裏に墓を作ってやり、商売繁盛を毎朝、祈念していたという。
集まった石は全部で四十八あった。

茶子《ちゃこ》

日本橋《にほんばし》は老舗《しにせ》茶店の元主《あるじ》、嘉兵衛《かへえ》が隠居所に常《つね》という庭師を入れたのは春の頃。伝手《つて》を頼り、江東では腕っこきの噂《うわさ》だけあって終わってみると驚くほど空が広くなる。

労《ねぎら》いついでに御酒を出し、ふたり縁側に座って庭の首尾を眺めるうち「ご隠居さんの商《あきな》いが茶だというから、お話しするわけじゃありませんがね……」と常が口を開いた。

信州《しんしゅう》に彼ら江戸の庭師組を長らく贔屓《ひいき》にしていた茶問屋があった。老舗であり構えも堂々としたもので、半月ほど泊まり込んで店と屋敷、また上客の庭の手入れなどをした。

「伺ったのは修業が済んだばっかかし、手伝いに成り立ての頃でした」

兄弟子らと共に配されたのは問屋の長男が住まうという屋敷だった。父と共に朝から晩まで店《たな》を切り盛りする働き者で、つい先日、娶《めと》ったばかりだという若妻が職人の茶や食事の世話などに甲斐甲斐《かいがい》しい。

「上手に暮らしの回っている家というのは空気までがすがすがしいってんですかね。とにかく気持ちの良い家でしたよ。あっしたちもそれに負けちゃいられねえと、そりゃもう張り切ったものです」

主である長男も商いの区切りがつく度に顔を覗《のぞ》かせ庭師と共に談笑し、整っていく庭の光景に目を細めた。

常たちの目から見ても若い夫婦は微笑ましげだった。

「それにね。そこのお内儀の淹《い》れる茶がうめえのなんのって……」

商売柄、茶を馳走になる機会の多い常からしても、絶品だったというのである。さすがは茶問屋のお内儀だけのことはある、と兄弟子らも褒めそやす。若妻は照れた会釈でそれを返す。主もこれの淹れる茶は格別で、と別に否定もせずにいる。

とにかくみなが嬉《うれ》しくなるような茶なのである。

あるとき、ダルのついた仕上げ鋏《ばさみ》の刃を勝手の井戸端で研《と》いでいると、お内儀が茶を運んできた。ありがたく戴《いただ》いて、ふと顔を上げるとお内儀が掌《てのひら》に包んだ茶碗を楽しげに覗いている。そう云《い》えば、みなで茶を喫《や》ってるときも、時折、自分だけ呑《の》まずに茶碗を眺めて思い出し笑いのような笑みを浮かべていることがあるのを思い出した常は、そっと近づき茶碗を覗いてみて、ほぉ、と感心したような声を上げた。

——碗のなかに金魚と見紛《みまが》うような小さき童《わらわ》がいたのである。

振り向いたお内儀は常に〈見えるかい〉と問うた。

へえ、と頷《うなず》くと〈旦那には見えないんだ〉とお内儀は答え、自分の茶が旨《うま》いのは時折、こうして茶子が来てくれるからなのさと呟《つぶや》いた。

あまりの不思議な光景に我を忘れていると兄弟子の催促する声が降ってきた。慌てて庭に戻る常であったが、碗のなかで遊ぶ童女が目に焼きついて離れなかった。

茶子の話はそれきりであったが、それからもしばしば自分たちとは少し離れた場所で碗を見ながら微笑むお内儀を見た。そんな折の茶はまた格別、旨いのであった。

やがて庭の仕事も片付き、江戸へ引き上げることになった。大旦那への挨拶《あいさつ》を済ませ、帰り支度をしている職人たちに若旦那である主が特別の茶をご馳走しましょうと云ってきた。ありがたく頂戴しますと屋敷に伺うとお内儀が既に用意を済ませていた。

縁側で茶碗を口にあてると、これが馥郁《ふくいく》たる香りの実に良い茶である。ふとお内儀を見ると満足げに茶碗を覗き込んでいた。これでお暇《いとま》と思いたち、常はお内儀に〈いますか?〉と訊《たず》ねると彼女が微笑むように頷いた。

なかを覗くと紅い小袖の童が瀬戸の内側を滑るように泳ぐようにしていた。

見事なもんですねえ……常が嘆息気味に云うと、

〈茶子かい?　あたしにはさっぱりなんだよ〉不意に声がし、若旦那が側《そば》に立っていた。

どこにいるんだ?　と訊ねられたので常が碗の童を指《さ》すと、そこへ、

ぺっと主が唾を吐き入れた。

「ただの悪戯《いたずら》だったんでしょうね。自分にも見えないモンが出入りの下っ端職人に見えると云うんだから、多少はつまらねえ気にもなったんでしょう」

その瞬間、繋《つな》いだ糸を断ち切ったように童の軀《からだ》がばらばらに解《ほど》けてしまった。

首が、手が、足が。

お内儀の手から碗が落ちるのと、〈いやだっ〉との叫びが聞こえるのと同時だった。

場は騒然となり、取り乱したお内儀を宥《なだ》めながら〈良いから帰んなさい〉と手を振る若旦那と使用人に狼狽《うろた》えながら常たちは屋敷を後にした。

「あのときはさんざ、兄ぃたちに叱られました。いったい何をしたんだってね。勿《もち》論《ろん》、あっしは事の次第をきちんと話したんですが信用する腹じゃねえ。ほとほと弱りました」

常はそれから三年ほど信州行きを親方から外された。

「事の次第から四年目ですね。また御屋敷に伺ったのは」

今度は自分が弟子を連れていた。常が任されたのは若旦那の屋敷だったが、驚くほどに邸内は寂れていた。見ればあのお内儀の姿がない。店の者にそれとなく訊ねるとあれからほどなくして夫婦別れしたのだという。

そこへ別人のように老け込んだ若旦那がふらりと顔を出した。

〈あれから妻は茶を淹れないようになってね……それに淹れさせても茶が渋くて臭くて、とても呑めたものじゃなくなってしまったんだよ〉

昔語りのように主は云った。

やがて茶を淹れなくなり、自らも呑まなくなったお内儀は実家に帰された。

……淹れても淹れても碗の中に散らかった童の骸《むくろ》が浮くので。

と、お内儀は呟いていたという。

漏洩《ろうえい》

熊野《くまの》に伝助《でんすけ》なる狩りの名人がいた。

ある時この伝助、仲間二人と山に入ったのだが、獲物が全く見つからない。

「妙なこともあるものよ。この時期あの沢に熊が寄らんとは」

「全く、あの山女《あけび》の群れる辺りに雉《きじ》が近寄らんとは」

みなそれぞれに自分の狩り場をもつ達人だっただけに、不思議で仕方がない。

山上様への儀式にも、遺漏《いろう》はなかった。

三人は毎日、山小屋に帰ってきては話し合い、策を練るのだが、それの悉《ことごと》くが当たらない。

「いつかなおかしげなことよ」

「ほんにほんに」

「しかし、儂《わし》の目に狂いのあることではねえ。今日はちゃんと猪《いのしし》の野郎はおったげな。ただ、ちぃとばかし儂の来るのが遅かった」

「おお、おお。儂もじゃ、儂もじゃ。ほんの少し遅れて鹿を逃《のが》した」

「儂もだが、ちゃんと臭いのせん風下《かざしも》からあがったにもかかわらず逃げられた」

三人は話せば話すほどに、獲物たちが今年に限って自分たちの手の内を知って動いているような気がしてならないといい出した。

「にしても、こんな山家で話したことが、どげえしたら奴らに伝わるべか」


と、その時、伝助。

何やら気配を感じ、不意に外へ出ると犬を連れて戻り、それを室内にて放した。

すると犬は脱兎の如く、台所の戸棚に向かい吠えたてたという。

それを見た伝助が戸棚を開くと、果たしてそこには一匹の巨大な白蛇がおり、次の瞬間には襲いかかった犬によって噛《か》み殺《ころ》されてしまった。

「ほら、これをごらんねえ」

伝助は仲間に向かい、蛇を持ち上げてみせた。

「耳蛇だ。こいつがいたんじゃ、儂らのことは筒抜けじゃわい」

その言葉どおり、蛇には小さく肉の薄い耳がついていた。

「蛇も百年生きると耳をもつというで」

伝助は蛇を埋めると手を合わせた。

翌日から、猟は順調に進んだという。

吊《つ》り鈴

芝愛宕下《しばあたごした》に住む大工の喜兵衛《きへえ》は平素は大人しい男だったが一度《ひとたび》、酒を口にすると性根が忽《たちま》ちのうちに変じ、粗暴不良の悪徒となった。あまりにもそれが酷《ひど》いため、喜兵衛の妻は近くの稲荷《いなり》でお百度を踏んだ——どうか、あの人の酒を止《や》めさせて下さいというのである。

その稲荷を選んだのには長屋の近くだという以上の意味があった。

泥酔すると喜兵衛はあろうことか拝殿前の賽銭《さいせん》箱に乗り、紅白の鈴緒《すずお》に摑《つか》まると、そのまま前後左右に勢いを付け弄《もてあそ》ぶのである。当然、鈴緒が切れ、時にはそれに繋《つな》がる本坪鈴《ほんつぼすず》までが落下する。如何《いか》に酔っているとは云《い》え、いつかは神罰が当たると妻は生きた心地もしなかった。

妻が、お百度を済ませた頃、喜兵衛はまた鈴緒に摑まり莫迦《ばか》をした。

その夜、彼はとてつもない夢を見た。自分が稲荷の本坪鈴になっているのである。そこに泥酔した己がやってきて鈴緒に摑まる。当然のように首が絞まり、苦しいことこの上ない。呆けた顔で巫山戯《ふざけ》ているのも自分なら苦しんでいるのも自分である。夢のなかで喜兵衛は自分に「やめろ！」と怒鳴りつけた。と、その途端、わらわらと四方八方から自分が現れ、一斉に首に掛かる鈴緒に飛びついた。尋常では無い苦しさに悲鳴を上げていると、やがて首が賽銭箱の上に落ちてしまった。ただならぬ絶叫と共に喜兵衛は目を覚ました。

首には縄で扱《しご》いたような跡がくっきりといつまでも残っていたという。

爾来《じらい》、喜兵衛は酒を断った。

石主

仙台藩《せんだいはん》に江戸番頭《ばんがしら》を務めていた鳥越某《とりごえなにがし》という侍がいた。仕事は真面目で誠実温厚な性格ゆえ同僚には慕われ、先輩にも可愛《かわい》がられた。鳥越の家には小さな池があった。金魚を数匹《すうひき》放っていたが、浚《さら》って掃除をすることになった。その折、底の泥濘《ぬかるみ》から奇妙なものが出たと人足らが騒いだ。鳥越が家人と共に覗《のぞ》きに行くと藁莝《わらござ》の上に人のようなものが横倒しになっている。

「声がするってんで、先を掘らせたらこの有様でさあ」

人足頭が困ったような顔をし、とりあえず川原にでも放りますというのを鳥越はこのまま残しておくようにと押《お》し止《とど》めた。

翌日、泥をきれいに洗わせ、検《あらた》めると石である。が、眺めるうち鳥越のなかにひとつの関心が起きた。

――父に似ている、というものである。

鳥越はそれを庭の一隅に据え、暇があると眺めつつ茶を一服するようになった。妻を始め、使用人らもなんの酔狂やらと半ば呆《あき》れ顔《がお》ではあったが、素直であるのにひとつのことに構うと頑迷な性分でもあるので本人の好きに任せた。鳥越は石を朝に晩に襤褸《ぼろ》で磨いた。磨きながら〈父上、父上〉と口にするのが聞こえた。

執着というほどにはあたらぬ、あっけらかんとした気遣いで鳥越は石を可愛がった。

その年の暮れ、いつもながらに大雪が降った。鳥越の庭もずっくりと雪にまみれたのである。当然、石も雪に埋もれてしまっていた。

それを見た鳥越は下男に命じて石を自身の書斎へと運ばせた。

「なにをなされるのじゃ」主《あるじ》の行動はここに至って家の者の想像を超えた。が、当の本人は至極暢気《のんき》に「なに、さぞ父上が寒かろうとな」などと云《い》う。更に鳥越は蔵から持ち出した文机を自分の側《そば》に置くと、そこに石を座らせた。石は机に凭《もた》れるようにして留《とど》まった。鳥越は石の座る机には書を置き、恰《あたか》も人が書見しているように模した。

家人の呆れることは甚《はなは》だしい。鳥越は石に自身の着物を掛けもした。そして父がいるかのように石に話しかけ、長い間、書斎から出てこなくなった。

ある夜、妻が書斎の前を通りかかると何やらぶつぶつ声がする。はて、主は既に寝所にいるはず、と思いながら襖《ふすま》を薄く開けると、ぼんやりと月明かりに光る机の前に着物を被《かぶ》せられた石がある。が、妻には一瞬、鳥越の背にも見えたという。

その数日後、鳥越は城内の普請場近くを歩いていた際、落下した材木の下敷きとなった。大怪我《おおけが》を負い戸板で屋敷に運ばれた鳥越は既に重体であった。医師は手の施《ほどこ》しようのないことを妻に告げた。

鳥越は蒲団を書斎に運ぶよう命じ、そのようにされた。

苦しい息の下、鳥越は石に話しかけた。春になって姿を見せる鳥の話、季節の移ろい、人の哀れなど、全てが他愛《たあい》の無いことで、医師は重体の為させる妄言であろうと信じていたが家人だけはそれが鳥越の本意であることを知っていた。

数日後、鳥越は逝った。葬儀の後、書斎の石を退けようとすると元服を終えたばかりの鳥越の長子が、そのままにしておいて欲しいと告げた。

あれから十数年が経《た》つ。嫡男が家督を継いだ鳥越の屋敷はそのままある。

鳥越の書斎はそのままに石は机に凭れている。

不思議なことは書見台に置いた本が数日経つと下に落ちる。落ちると載せておくのだが、再度、落ちる。それが余りにも度々なので気を利かせた妻が別の書を置いたところ、落ちなくなった。以来、本が落ちると別のものにした。また深夜、書斎からふたりの男が語り合う声がしたり、廊下を何やら重いものが移動する音もする。

嫡男に云わせるとその音は「父上の足音」そっくりなのだという。

時折、初めて来訪した客が書斎を誤って開けることがある。そんな時は決まって〈失礼仕《つかまつ》った〉と恐縮する。確かに机に向かう人を見たと云うのである。

忌《き》本《ぼん》会《え》

京橋《きょうばし》の書肆《しょし》、紫玉堂《しぎょくどう》では三年に一度〈忌本会〉なる行事をする。参加するのは店《たな》の主立った者のみで〈会〉は夜半に始まり、早暁《そうぎょう》に終わる。蔵から運び出されたものを祭壇に並べ置き、知己《ちき》の僧侶を招く。読経は長く空が白むまで延々と続けられ、僧は汗水《あせみず》漬くとなる。座する者たちは言葉はおろか、咳払いすら唇を噛《か》み、我慢する。端《はた》に立てば、ありふれた儀式としての祀《まつ》り、崇《あが》めの気持ちは一切なく、ただ列席者の怖れのみを感じることになる。

〈会〉の終わりは長き読経に比べれば全《まった》きあっけらかんとしている。主《あるじ》らにより寝所から起こされたばかりの丁稚《でっち》が祭壇本を包んだものを渡され、店裏にある弾正橋《だんじょうばし》の袂《たもと》に棄《す》てに行く。これが習いであった。

勿論《もちろん》、放置することなく別の年長の丁稚が確《しか》と棄てたのを見届け、包みを拾い戻す。店ではこれをすぐ蔵に仕舞うことはせず、他の売り込み物同様、傷みなどを吟味し、値を付ける。これは主の仕事である。

その後、本は再び桐の箱に仕舞われ、蔵へと運び込まれる。全てが滞りなく終了すれば、そこで初めて主たちの顔に笑みが浮かび、酒肴《しゅこう》を介した直会《なおらい》となる。

この〈忌本会〉の噂《うわさ》を聞きつけたさる大店の隠居、武鑑、古書などを愉しむ数寄《すき》者《もの》であり、上得意でもある。この人、書物を届けに来た番頭に〈忌本会〉のことを訊《たず》ね、一度、その本を読んでみたい、と重ねて強く談判した。番頭、血相を変え、丁稚を店に帰し、主にその旨を伝えた。客の素性を熟知する主、通り一遍のことでは埒《らち》が明くまいと駕籠《かご》を送り、書肆へ招き、離れに桐の箱を恭《うやうや》しく運び込ませた。

これが彼《か》の有名な〈忌本〉なのかと隠居、大いに相好を崩し、箱に手を掛けようとするが、主が〈暫《しば》し〉と、ひと声、それを押し止めた。

そして、是非にも由来をお聞き戴《いただ》きたいと告げた。

無論、願ってもないことと隠居は首肯《しゅこう》した。

それでは、と主が口にしたのが以下の次第である。

箱に収められたる忌本はみっつ。ひとつは芝居本であるが戯作者の怨念が籠められているとされ、芝居にかける度、失火や小屋内での刃傷《にんじょう》が絶えず、遂に封印となりしもの。ふたつめは吉原《よしわら》ものと思《おぼ》しき遊女から客への恋文、これは持ち主が悉《ことごと》く乱倫の極みに至り、惨死するということで紫玉堂に持ち運ばれしもの。そして最後の一冊。形は武鑑の類いに思わるるものの書名はおろか、内容など一切が不明である。いつ頃から紫玉堂の蔵に収まっているかもわからぬ書物。主は先代から引き継ぎ、その先代は更にその先代から引き継いだもの。その際、確約させられたのは〈不可読《よむべからず》〉〈不可売《うるべからず》〉。つまり読んではならぬ、売ってはならぬということである。勿論、伝えられた者はそこに如何《いか》ほどの怖ろしい秘密が隠されているのかと、武鑑らしき、その書を繰ることもある。

しかし、次の瞬間、安堵と拍子抜けにも似た感慨に襲われるのである。

——書は白紙なのだ。

ところどころではなく表紙から裏表紙までもが、ただただ白い。

厚さは並の本ではないと感ずるに充分であるが、そこには墨痕一滴存在しない。

呆気に取られている者の耳に、主が先代から伝え聞いた由来を語り出す。

〈かつて、確かにそれを読んだ者がいたのだ……〉

某家中《かちゆう》の若き御家人であったという。碩学明晰《せきがくめいせき》、御上の信用も厚く、来たるべき将来は藩の重役にと噂される人。彼の人、ある日、御上より一冊の本を預けられる。しかるにそれは清の高名な儒学者が蔵書せし稀覯書《きこうしよ》であった。翻訳すべしとの下知《げぢ》である。元より才気煥発な上、知識欲に満ち溢《あふ》れた若者は意欲を持ってことに当たった。ところが学問には鋭敏なはずが人の恨み嫉《そね》みには赤子同様の無知、無垢であった。つまり彼の人の栄達を怖れ、または妬《ねた》む者によって拝領本が持ち出されてしまったのである。

彼の人の動揺狼狽《ろうばい》は筆舌に尽くし難いほどであり、死にものぐるいに八方手を尽くしたが本は戻らない。遂に彼の人は書斎で当時、最も困難悲壮であるといわれた十字に腹を切って果てたのである。

その後、ある場所より拝領本が出来《しゆつたい》する。陰でどのような仕業があったのかは、もはや誰も知らぬ。御上は失われた本が戻ったことを殊《こと》の外《ほか》、お喜びになり、新たに自薦せし者のなかからひとりを選りすぐって翻訳を下知し直し、更には見事完遂の暁には学問所の御目付役並びに応分の俸禄《ほうろく》を約された。

しかるにこの後選の者こそが窃盗の黒幕であった。法外のお申し出にほくそ笑みながら書斎に籠もったが、数日経《た》つうち当人の面相が幽鬼の如くと化した。家人が心配するもきつく書斎に踏み込むことを禁じ、日がな一日、籠もりきる。やがて当初の完遂約定日となったが当人、体調が優れんとて御上に日延べを懇願す。やがて日延べが十日となり、半月となり、ひと月が三月《みつき》になったところで目付が閉じこもる彼の者の書斎へ踏み込む仕儀と相成った。すると家中に凄《すさ》まじき腥《なまぐさ》き腐臭。みれば妻子家人の悉くが斬殺されている。慄然とした役人共々、書斎に踏み込むと当人が〈ふっほふっほ〉と笑っている。見れば己が掻《か》っ捌《さば》いた腸《はらわた》を両手に摑《つか》み出し、それを拝領本に擦りつけている。

〈おのれ、乱心したか！〉目付の大喝に当人はくるりと振り返るとしっかと首を振り、〈いいえ。こうせねば文字が浮かびませせぬ〉と笑ったという。

今際《いまわ》の際の言葉によると拝領本を開けた途端、文字が紙面に没するが如くに消失したと。そは前者の遺恨と悟りし彼の者、誰に打ち明けることも能わず。ひたすら白地に文字を浮かせることばかりに腐心していたが、ふと逆上《のぼ》せから鼻血が落ちた箇所に字が浮くのを知り、まずは老母を、次いで妻を、最後には子を潰し、擦り続けたが、それでも書物の全てを読むに能わず、困り果てた後、己が腸を使ったので御座ると告げ、絶息した。

委細を受けた御上はそのような恐るべき書は棄てるべしと命じたのだが、なぜか諸国を流浪し、いつのまにか紫玉堂に辿り着いたのだという。

〈然《しか》し、この書は雪のように白いが……〉隠居が呟くと、
主、ゆっくり頷き、指の先を刃物で裂き、書面に一滴、落血せしめた。

弾けたような朱の下、確かに達筆な文字が浮き、見る間に血潮と共に吸い取られると、また元の白に戻ったという。

今でも紫玉堂にその本はある。掟は守られている。

貝児《かいこ》

遠江《とおとうみ》から帰った薬種問屋の手代《てだい》が語った話。

小僧と漁村を通りかかった折、季節外れの雷雨に小屋の軒先で難儀をしていると、ひとりの漁師が雨宿りせよ、と誘ってくれた。これは有り難し、と案内されるまま浜辺にある男の家に上がり込むと藁莫蓙《わらござ》を敷き詰めた板の間に囲炉裏《いろり》が刳《く》ってある。

「こげな時期ぃ、珍しい嵐《あらぶき》だら」

漁師は芋虫のような太い指で煙管《キセル》に煙草を詰めながら頷《うなず》いた。見かけは四十をとうに越えて見えるが、立ち居振る舞いから察するにもっと若いのかもしれない。荷を囲炉裏端に置かせて貰《もら》うと小僧は旅の疲れからか、こぅこぅと寝息を立て始めた。

ふたりは挨拶《あいさつ》程度の侘《わ》びしい話をぽつりぽつりと交わすと自然と黙りこんだ。小屋を叩く雨勢が激しい。手代がおかみさんは……と口にしかけた時、漁師が先に話し出した。

「嬶《かか》はいま海に行ってるだら」


若い鰹《かつお》漁師として船元の信頼も厚かった男に児《こ》ができたのは、隣村の娘を貰って三年目のこと。児は女子で小さな掌《てのひら》が桜貝のように、ほんのり紅《あか》かったので〈べに〉と名付けた。べには夜泣きで愚図《ぐず》ることも少なく、独楽鼠《こまねずみ》のように働かなくてはならぬ両親にとって随分と助かった。

生まれてふた月ほど経《た》った日のことだった。帰ると妻が赤子を隠すように抱いていた。訳を訊くが懐《ふところ》に覆うようにしている。強《し》いて覗《のぞ》いたが別に変わった様子はない。

翌日、風が強く漁が取り止めとなった。道具小屋で仲間と漁網を繕《つくろ》っていると妻がやってきた。見れば目を真っ赤に泣き腫らしている。べにに何かあったのかと訊《き》くと曖昧に頷《うなず》くのみである。小屋に駆け戻り、囲炉裏端の嬰児籠《えじこ》に、べにがきちんと収まっているのを見ると漁師は脱力した。我が子はいつもの如く、すやすや寝息

を立てているのである。後を追って入った妻を〈おどかすな〉と叱ると妻は凝《じ》っと身動きもせず赤ん坊を見、やがて頭を覆うおくるみを除《よ》けた。

漁師はわからなかった。すると妻が赤子の頭の端を指《さ》した。

——まず、屋根から降《くだ》った虫の繭《まゆ》だろうと思った。

我が子の和毛《にこげ》の間に、つんと先を天に伸ばした白きものがあったからである。が、次の瞬間、漁師の面《おもて》に緊張が走った。繭だと見えたものは赤子の寝息に合わせ静かに動いていた。夫は妻が自分の顔を凝視しているのを感じつつ、指でそれに触れてみた。

予想外にしっかりとした手応えが指先に返った。

〈角《つの》だら〉妻が静かに云《い》う。

そんな莫迦《ばか》なと漁師が取ろうと摘《つ》まむと赤子の肌も持ち上がり、ひゅっと息を吸い我が子が目を開けた。

「なんだかべにに叱られたみてぇで……」と、漁師は手代に話した。

妻は角はしっかりと子供の髑髏《されこうべ》に生えていると断言した。夫に伝える前、何度も取ろうとしたが無駄だったともつけ加えた。

〈まあ、あれしきのことなら構うこともねえだら〉

夫の言葉に妻は眉を顰《ひそ》め、唸《うな》るように云った。

〈あれは……大きぅなっとるら〉

妻の話では初めてそれに気づいたのはお七夜《しちや》のことだった。始めはうっすらとした桃色の瘡蓋様《かさぶたよう》であったものが日を過ごすうち小豆大《あずきだい》に膨らみ、やがて桜のつぼみに似たものに変じたのだという。

〈育つか〉

〈うん。こつい巻き貝のようずら〉

確かに繭と見紛《みまが》ったものをあらためると赤子の肌色をそのまま刷《は》いたような桜色である。夫婦は相談し、なるべく村の者には見せないようにした。

しかし、子供の角は大きくなるばかりであった。鰹漁に出る夫が戻る度、角は成長した。頭部全体は固く、目は閉じ、口は乳がようよう吸えるほどにしか開かない。暮れ方など妻が抱いているのは大きな桜色の巻き貝にしか見えなかった。

半年ほどで、べにの手足は固い胴に吸着し、単なる温かな固い巻き貝と化した。

〈こげなものは打《う》っ棄《ちゃ》るか、寺に預けるほかないだら〉

〈いやじゃ。漁に出れば、おまえはいない。わしは常にひとりじゃ〉

早暁《そうぎょう》、小屋の戸が蹴破るように開けられた。松明《たいまつ》を手にした村の衆が〈化け物を出せ〉と叫んだ。端《はな》から秘密は女房連《れん》より暴露されていた。

囲炉裏端に座った夫が〈あれは出て行ったずら〉と告げた。

べにが生まれてから先、不漁が続いていた。こうなることを夫婦は重々、予見していた。

前夜、べにを抱いた妻は夫にこう云った。

〈おまえがいないうち、ひもじさに耐えかねて明神様の供物を盗《あかね》んでは食べた。その罰ずら〉胸に抱かれた我が子は既に石化し、呼び掛けても僅かに開いた唇から〈ぷちぷち〉という音をさせているのみだった。

漁師は村を追われ、村の者が忌《い》む浜に移り、小屋を建てなおし住まった。今ではひとり分を襤褸《ぼろ》舟で稼ぐ日々だ。

「おかみさんとはそれっきり……」

手代の問いに男はうんにゃと首を振り、

「月の明るい晩、海ぃ出るとたまに子を見せに来る」

舟縁《ふなべり》から覗くと海中に、べにを抱いた妻が現れるのだという。

「人の姿になっとるから歳がようわかる。もう口も利く頃だら……」

漁師は、ふたりがそこに居るかのように板間に目を凝らした。

雨影

ある御先手組《おさきてぐみ》に、藤枝《ふじえだ》という侍がいた。

雨の日、屋敷に戻るため人気《ひとけ》のない道を急ぐと、向かいからひとりの侍がやってくる。

服装などからして、同じ組の者だろうかと傘間から注視していると。

果たして自分であった。

その自分が脇を通り過ぎようとするのへ声をかけた。

「おい。御主《おぬし》はもしかすると牛込《うしごめ》は小笠原《おがさわら》家、御先手組の藤枝ではないのか」

すると相手はぴたりと足を止め、こちらに目を向けた。

その顔を見るに藤枝はうーんと唸《うな》った。

まるで写し取ったかのようにそっくりであったのだ。

「その通りだが、御主もか」

その目はまるで偽物を見るかのようだったので、藤枝、むっとして。

「御主はどうせ狐狸《こり》狢《むじな》の類であろう。何故に我に似せるのじゃ」

と、威嚇のつもりで詰め寄った。

ところが相手は訝《いぶか》しげに眉をひそめると首を傾げた。

「何を云うておる。狐狸狢はそちのほうであろう、儂《わし》は生まれてこの方、この軀以外であったことなぞないわ」

と嗤《わら》った。

そんな莫迦《ばか》なことがあってたまるかと、藤枝は立て続けに問い正した。

曰く、父親の名前。

曰く、同輩の名前。

曰く、妻の名前と舅《しゅうと》の名前。

曰く、子供の産まれ日。

しかし、相手はそれらをまるで立て板に水の如く、そらで答えてみせた。

「ならば、今度はこちらからじゃ」

相手は藤枝の目の奥を見据えながら。

曰く、父親の右肩にある傷の由縁《ゆえん》は。

曰く、同輩の仕事上の悩みは。

曰く、妻の好みの柄は。

曰く、子供の好きな食べ物は。

藤枝には答えられなかった。

いくつか見当のあるものを口にしてみたが、「違う」と言下に否定されると、抗弁する言葉が見つからない。

呆然としている藤枝に相手は優しく語りかけた。

「わかったか。誰しも自分が影と悟《さと》れば蒼白となる。が、それも運命《さだめ》と諦めい」

不思議なことに、藤枝には相手の言葉がしんしんと身に染みてきた。

茫漠《ぼうばく》とした心のなかから、やはりそうだったのかとの思いも浮かんでくる。

なぜ自分は物事にいまひとつ懸命になれぬのか？

なぜ自分は妻の悩みを真剣に考えてやれぬのか？

なぜ自分は大望も抱かず、日々淡々と暮らすに満足だったのか？

ああ、そうか。自分は影だったのだ。

藤枝は雨のなか、深い溜息をついた。

「儂《わし》はこれから急務で暫《しばら》く、江戸を離れる。貴様はその隙に荷物をまとめて立ち去れい。次に見かけた時には斬る」

藤枝は自分を睨《にら》みつけている自分を見た。


以来、今に至っているが逃げる気はない。

出会《でくわ》せば出会したなりの結末を迎える覚悟はできていた。


不思議なことに、あれ以来、人格が丸くなったといわれる。

些細なことで妻子を怒鳴りつけることがなくなった。

「当たり前のこと。他家に居候《いそうろう》の身なれば……」

と、藤枝は事も無げに語った。

怪異二題

日暮れてから本所《ほんじょ》、深川《ふかがわ》を本法寺《ほんぽうじ》から亀戸天満宮《かめいどてんまんぐう》に向けて歩く際には注意が要る。

特に天神橋《てんじんばし》手前では怪異に遭い易い。

とぼとぼ歩いていると、突然脇で金棒《かなぼう》を打ち合わせるような音のすることがある。

そんな時、はっとして立ち止まってはいけない。

すれば気づいた時には倒れている。

両の草履《ぞうり》が、鎹《かすがい》でしっかりと地面に打ちつけられているのである。

転倒を避けるには、音のした際、予《あらかじ》め用意した塩をひとつまみ、その方向へ撒くのが一番なそうな。

＊　＊　＊

芝松本町《しばまつもとちょう》の傘問屋伊沢屋《いざわや》の手代《てだい》、夜半丁稚《でっち》を連れて、市ケ谷《いちがや》は尾張藩《おわりはん》上屋敷前を通っていた。

朝からの陰雨《いんう》であった。

延々と続く長い塀を右手に見ながら行くと、前方にぼうっと光るものがあった。

「ああ、誰ぞ。提灯《ちょうちん》でもかざしているのか」

が、それにしても大きすぎる。

……妙だ、とは思いつつ、歩を緩《ゆる》めることなく進んでいくと、丁稚が短く「ひっ」と声を発した。

何ごとかと前を見ると、自分同様手代風の男と傍《かたわ》らに子供のような者が並んでこちらに向かって歩いてくる。

驚いたことに、子供と見える者の肩の上には首の代わりに大きな提灯が取りつき、煌々《こうこう》と光を放っていた。

ふたり、その場に呆然と凍りつき、固唾《かたず》をのんで彼らの通り過ぎるのを待ったという。

「おかしかったのは提灯の小僧だけで、男は普通に見えましたけれど……」

たぶん、同じ穴の狢《むじな》でしょうな、と、手代は付け加えた。

本溺れ

ある時、町方の役人ふたり、公用で信州松本《しんしゅうまつもと》へと旅に出た。

といっても気の張る用向きではなく、半分は物見遊山《ものみゆさん》だった。

「相方の鉄三郎《てつさぶろう》というのが、此《これ》がまったく酒が好きで好きで……。毎夜毎夜、居酒屋へくり出し、終われば帰ってひとり酒。悪い酒ではないのですが、どうにも鬱陶しくてたまらない」

そう云うと、忠介《ちゅうすけ》は煙管《キセル》を取り出し一服つけた。

「わたしも嫌いじゃありませんが、ああ鯨飲《げいいん》するのを見せつけられると酒が不味《まず》くてねぇ」

明日はいよいよ松本へ入ろうという晩、またいつものように鉄三郎は居酒屋へ行こうと誘ってきた。

「わたしは丁度、面白そうな絵双紙《えぞうし》を見つけたんで読んじまいたかったんですが」

が、その夜の鉄三郎の誘いは強情だった。

仕方なく刻限を切って忠介は出かけることにした。

「ところがやっぱり、いつもの長居でしてね。もう銚子がごろごろ、上から見ると雛《ひな》の口がずらっと並んでるような有様で」

忠介は鉄三郎が小用に立ったのをこれ幸いと、抜け出してきてしまった。

「どちらにせよ、呑《の》むのに忙しくって帰ったことなんぞわかりゃしないんです」

宿に戻ると片隅にあった書見台に向かい、昼間買い求めた絵双紙を取り出した。

「ところがやっぱり疲れてたのと呑んだのがいけなかったんでしょうかね。やたらと眠くなってきて」

それでもなんとか読み通そうと行燈《あんどん》を手元に引き寄せ、書見台に乗りかかるようにして目を開けた。

絵双紙はなんということはない酒呑童子《しゅてんどうじ》の話で、忠介はこれが殊《こと》の外《ほか》、好んだ。

〝丹波《たんば》の国は大江山《おおえやま》一帯を荒らし回る鬼の噂《うわさ》が源頼光《みなもとのよりみつ》と四天王の元に届いた〟と
そこまで読んだ途端、旅籠《はたご》がいきなり宿ごとぐらぐらと揺れた。

地震である。

「かなり大きく揺れましてね。外で犬がきゃんきゃん吠えたてているんで、窓を開けたんですよ」

すると旅籠と旅籠の間に、とてつもなく大きな穴が開いていた。

「いままでそんなものは無かったので、大層驚きました」

忠介は脇差しを手にすると階下へ下り、宿の者を呼びつけた。

しかし、大騒ぎしている声が聞こえるにもかかわらず姿がない。

「いつのまにやら、自分たちだけで避難を始めているような気配でした」


「誰か！　誰かおるか！」

忠介は廊下を走り、厨房へと向かった。

そこにはまだ温かな釜と誰かが賄《まかな》いでも食べていたのか、丸茣蓙《まるござ》の手前に麦飯と香の物をひっくり返した箱膳が残されていた。

「誰か！」

言い終わらぬうちに再び地面がたわみ、宿が揺れ、柱がぎしぎし音をたてた。

通りでけたたましい女の悲鳴が起きた。

忠介は慌てて外へ出た。

目の前に穴があった。

「牛馬ならば二、三十頭は投げ込めるような穴でした」

穴は長方形で片方の先がぎざぎざに割れていたという。

「誰か！　誰かおらんか！」

既に大方の人間は避難をしてしまったのか、声は聞こえども姿がない。

穴の縁を注意しながら歩いて反対側の旅籠に辿《たど》りついた忠介、そこでも声をあげるが返事はなかった。

街道の先では火災でも起きたのか、空がめらめらと真っ赤になっている。

「忠介！」

その時、鉄三郎の悲鳴が聞こえた。

「鉄！」

忠介は居並ぶ旅籠の前を叫びながら駆け回った。

「どこだ！　鉄！」

と、突然、目の前の格子《こうし》窓《まど》のひとつが開き、なかに鉄三郎が座っていた。

「鉄！　大丈夫か？」

忠介が格子に取りつくと、鉄三郎は傍らに太夫《たゆう》を侍《はべ》らせ杯を重ねている。

「鉄！　貴様、何をしている。一大事ぞ！」

「なあに、一大事はおまえぞ！」

と、鉄三郎が愉快げに杯を持った手で忠介の背後を指《さ》した。

振り向くと同時に、猛烈な気配に唖然《あぜん》とした。

赤い大蛇のようなものがすっと自分を持ち上げたのだという。

手であった。

あっというまに旅籠が遠くなり、見ると鬼が自分を摑《つか》み上《あ》げたのを知った。

胴がぎりりと絞り上げられた。

瞬時、これが酒呑童子と悟った。

その忠介の脳裏を察したかのように、鬼は突然大口を開けると、忠介を呑もうとした。

次の瞬間、鉄三郎の、わーっ！　という叫び声が轟《とどろ》き、忠介は鬼の腑《はらわた》に放り込まれた。

「なかは息苦しく、何かが腐っているような臭いが致しまして……」

見れば、どろどろに溶解した肉とともに、毛髪の絡んだ骨があちらこちらに散らばっていた。みな自分より前に喰《く》われた者たちの成れの果ての姿だったのである。

「と、その時、天啓の如く、脇差しが在るのを思い出したのです」

これぞ一寸法師だと忠介は思った。

脇差しで鬼の腑を切り刻めば奴は参るに違いない。それ以上に殺すこともできる。そうすれば俺は天上天下、大無双の誉《ほま》れを受けることになるやもしれん。

忠介は、これぞ千載一遇の好機とばかりに脇差しに手を伸ばした……が、あるべきはずの脇差しがない。

「げぇ！」

忠介は腰に手をやり、また辺りを狂ったように探し回った。

しかし、やはり脇差しはない。

宙に引き上げられる際、腰から外れたのだろう。

万策尽きた忠介はどっかと腰を落とした。

隅で骨が微かに鳴った。

既に床にはどろどろした液が溜まり、草履《ぞうり》の裏皮が溶けかかっていた。

「俺は死ぬのだと本気で観念致しました」

と、突然、ぐいと腕が引かれ忠介は我に返った。

目の前には鉄三郎が真っ赤な顔をして座っていた。

「大丈夫か？」

見回すとそこは、自分が絵双紙を見ていた部屋であった。

地震の起きる前と、寸分と変わらぬ情景である。

既に深更《しんこう》らしく、宿は静まり返っていた。

「俺は……いったい」

尚も呆然としている忠介に、鉄三郎がにやにやと笑いかけた。

「忠介……実はな」

それによると散々、居酒屋で呑み倒した鉄三郎が部屋に戻ると、忠介が書見台に向かっている姿が見えたのだそうだ。

なんだおまえ、先に失敬するとは……と鉄三郎は声をかけようとして息をのんだ。

「なんとわたしの首が書見台に、いえ、絵双紙のなかに埋まっていたというのでございます」

顔の前半分が絵双紙のなかへずぶりと浸《つ》かったような格好になり、時折、軀がびくびくと震えていたのだという。

酔いのせいで鉄三郎、そんな同輩の姿を見ても、さして慌てず騒ぎたてず。

「珍しい本読みがあるものよ」と厨房に行くと、賄いをかっ込んでいた女中から銚子を貰《もら》い受け、部屋に戻るとその姿を肴《さかな》に呑み直した。

「で、突然、わたしの泣き声が聞こえたので引っ張り戻したと、そういうわけなんでございます」

忠介の話を聴いた鉄三郎、腹を抱えて笑い出したが、さすがに忠介の脇腹に残る摑まれたような太い痣《あざ》を見ると黙ってしまったという。

「あれからまた同じことが起こるまいかと試しているのですが、これがなかなか思うようにはいきませぬ」

試すって、時になんの本だいと訊《き》くと。

「へへ……畏《おそ》れ入ります、艶本《えんぽん》で」

と、忠介は笑ってみせた。

見舞い

深川《ふかがわ》に卯吉《うきち》という魚屋の棒手振《ぼてふ》りがいた。気の毒にも卯吉は数年前に妻子を相次いで流行病《はやりやまい》で亡くしていた。町役《ちょうやく》のなかには商売熱心で正直者の卯吉を気の毒がり、後添《のちぞ》いを貰《もら》うよう縁談を強く勧める者もあったが、卯吉は「あれらの代わりはありゃしませんから……」と決して首を縦に振ろうとはしなかった。

早暁《そうぎょう》より河岸《かし》に出ては日の暮れるまで精を出す卯吉だったが、ある日、番町の畔《ばんちょうほとり》で弁当を使っていると錆猫《さびねこ》が橋のたもとで顔を撫《な》で洗っている。

老猫《ろうびょう》らしく錆色《さびいろ》の強《こわ》った毛もまばらで薄い。

……嗚呼《ああ》、こいつもひとりだ。

そう思った卯吉、桶《おけ》のなかから雑魚《ざこ》を一匹摘《つ》まむと放ってやった。

散々、人に殴られでもしてきたのか、猫は大きく飛《と》び退《すさ》ったが、卯吉がそれ以上かまわずにいると、そろそろと魚に近づき、前脚で引っかけるように摑《つか》んで橋の下に駆け込んだ。

「チッ。なにも取って喰《く》いやしねえよ」苦笑しながら卯吉は場を離れた。

翌日の昼過ぎ、市ヶ谷《いちがや》の辺りを流し終えた卯吉が堀端に座り込み、弁当を出そうとすると、目の前にちらちらと動くものがある。

猫である。しかも、よくよく見れば昨日の錆猫であった。

「なんだおめえ、番町の野良《のら》じゃなかったのかよ」

卯吉は昨日と同じように余り物の魚を一匹、放ってやる。すると猫も同じように前脚で引っかけては逃げ去った。

「ちょっ。愛想のねえ野郎だぜ」

ところが猫は翌日も翌々日も、卯吉が弁当を食べよう、とか、一服つけよう、とかと腰を据える度、顔を出す。また卯吉も飽きもせずに都度都度、魚を与えた。

そんな奇妙な関係が半月も続く頃になると、猫はすっかり卯吉に懐《なつ》いたもので手ずから魚を食べ、軀《からだ》に触れるのを許すまでになった。

猫は番町、市谷柳町《いちがややなぎちょう》、飯田町《いいだまち》辺りを根城にしているらしかった。

よほどの雨でもない限り休まない卯吉だったが、猫も卯吉がくると顔を出した。

「おめえも精がでるねえ」

井戸端で雨宿りしながら一服する卯吉が撫でると猫は気持ち良さげに喉を鳴らした。毎度毎度の魚のお陰か猫はすっかり痩《や》せが退《の》き、むっくりとした軀つきになっていた。

猫と卯吉の関係は実にさっぱりしたものだった。猫は卯吉の通り掛かるのを待ち、餌を貰うと卯吉が自分の根城から出るまで送り、そこから先には寄って来ようとはしない。他の猫に見受けられるような〈いつまでもの後追い〉は、きっぱりとしない。

卯吉はそこも気に入っていた。子供の拾い猫がいつのまにか長屋に居つき、夕餉《ゆうげ》の菜《さい》を損なったと騒ぎになるのを何度か経験しているからだった。

ひとりと一匹は、いつのまにか会うのを楽しみにする間柄となっていた。

そんな折、卯吉が怪我《けが》をした。河岸で休んでいる際、材木屋の桁《けた》に縄で結《ゆ》わってあったはずの貯木《ちょぼく》が倒れてきたのである。幸い命に別状はなかったが足を怪我した卯吉は商売に出ることができなくなった。商《あきな》いは仲間に引き受けて貰い客をしくじることはなかったが、どうにも気になるのはあの錆猫だった。

……あいつ、いったいどうしているだろう。

日がな一日、長屋の煎餅《せんべい》蒲団の上で気に病むうち、それが身に回った。みるみるうちに気力が萎《な》え、瘦せ細ってしまった。

長屋の仲間が心配する前で卯吉は笑った。

「これでお迎えでも来《く》りゃ、晴れて親子三人仲良く、あの世で暮らせるよ」

翌日の夕刻、うつらうつらしていると声があった。

『もし……』

見ると表ではなく裏の障子に女の影が映っていた。

「なんでしょう。ご用なら表に回っておくんなはいな」

『いえ。お魚はもうお売りにならないんでございましょうか……』

「怪我をしちまってからこっち、どうにも具合が悪くなりましてね。いまはお休みを戴《いただ》いておりやす」

『そうですか……それはさぞや、お淋しいことでございましょう。お早いご快癒を祈念しております』

女はそう云《い》うとふっと居なくなった。

裏から来るなんて変わった客だと思いながら、卯吉が障子を開けるとそこには二朱銀が一枚置いてある。

「……ありがてえ」仲間に任せたとはいえ稼ぎが入るわけではない卯吉は女の気遣いに感謝した。

また暫《しばら》くして夕刻にうとうとしていると女がやってきた。

女はその時も裏の障子の影として現れ、卯吉を励ますと姿を消した。そしてまた必ず二朱銀が残されているのであった。

卯吉は女に礼が云いたいと強く思った。が、無理に障子を開けても女は厭《いや》がるだろう。そこで長屋仲間に、次に女が来た際に壁を叩いて合図をするから、どこの人なのかを調べて欲しいと頼んだ。

そして当日、やはり夕刻、うとうとしていると女の声がした。

『もし……』

卯吉はいつものように受け答えをしながら壁を叩いて隣に合図をした。

「いつも過分なお志《こころざし》を戴きやして、申し訳なく思っておりやす。つきましてはお礼を……」

『いえ……私は一刻も早いあなたさまのご快癒を……』

と、そこまで女が云い掛けたところで怒声と共に物凄《ものすさ》まじい叫び声がした。

魂消《たまげ》た卯吉が払うようにして障子を開け放つと、そこには鳶口《とびぐち》を手にした長屋仲間が三人、侘《わ》びた濡《ぬ》れ縁《えん》には腸《はらわた》を裂かれた錆猫が事切れていた。

「おめえたち、これはいってぇぜんてぇ、どういうこった」

病人とは思えない卯吉の剣幕《けんまく》に三人は怯《おび》えながらも、合図があったので顔を出してみると二朱銀を咥《くわ》えた猫が居たので逃《のが》してなるものかと思わず鳶口で撲《ぶ》ったら当たり所が悪かったのだ、許してくんねえと頭を下げた。

卯吉は錆猫の遺骸を胸に抱き、泪《なみだ》を零《こぼ》しながら仲間に〈おいらを待ってる猫〉の話をした。仲間も大いに驚き嘆き悲しんだが、もうどうすることもできなかった。

卯吉は猫が持ってきた金で妻子の墓の横に小さな墓を建てた。

が、自らも間もなくして病没したという。

頭駕籠《かご》

日本橋《にほんばし》に仁吉《にきち》と治平《じへい》という駕籠舁《かき》がいた。ある夜、吉原《よしわら》まで客を届けた帰り道、空駕籠故《ゆえ》、ついつい勢いだった治平は脇から飛び出してきた小さなものを踏み付けてしまった。

「おうおう、なにしてやがんでぇい！」

思わず、つんのめりそうになった後棒《あとぼう》の仁吉が荒い声をあげた。

「すまねえ、仁吉どん。なにか蹴飛ばしちまったよ」

駕籠を置いて提灯《ちょうちん》の明かりで照らして見ると小さな毛玉がもそもそと動いていた

——小さな狸《たぬき》であった。まともに腹でも潰されたのだろう、目をカッと見開いたまま口から血を吐き、身悶《みもだ》えている。

「苦しんでるな」

「どうしよう……」

先棒《さきぼう》の治平の言葉に仁吉はふんと鼻を鳴らし、

「どうするもこうするもありゃしねえよ。向こうが勝手に飛び出してきたんだ。知ったこっちゃねえぜ」

「でもこのままじゃ、後生が悪いよ」

子狸は震えながらも土手にある葦《あし》の茂みに逃げ込もうとでもするかのように必死で前足を動かしている。

「今更、どうしようもねえじゃねえか」

そう云《い》うや否や仁吉は持っていた棒で狸の頭を思い切り殴りつけた。

「あ」

治平が驚きの声を上げた時、既に子狸は死んでいた。巻くようにまるまっていた尾がゆっくり開くのをふたりは見た。

「なにも殺さなくったって……」

「莫迦《ばか》野郎。あのまま死ぬまで苦しませるよりゃ、よっぽど冥加《みょうが》ってもんだぜ」

年若だが駕籠屋の経験は治平より長い仁吉がきっぱり云い放った。

「いちいち、あんなものに気兼ねしていちゃ、こちとらの顎が干上がっちまうよ。

さあ、担ぎ直しだ」

「う」

担ぎ棒に戻ろうとした治平が呻《うめ》いた。

「あ、あれ……」

治平が葦の茂みを指差す。闇の中で慥《たし》かに光る目があり、それはがさりと葦を分けるとふたりの前に姿を現した――子連れの母狸であった。

「ちっ」

仁吉が棒を振り回し、葦を薙《な》いだが母狸は動こうとはしなかった。

「ちぇすとぉ！」

怒声をあげ、葦の茂みに駆け込んだところでやっと母狸は姿を消した。

仁吉は子狸の死体を茂みのなかに蹴り込んだ。

「……。駕籠屋に着いたら一杯やろう。験直《げんなお》しだ」

そう云って仁吉は担ぎ棒を持ち上げた。

それから半月ほど経《た》った月夜の晩。ふたりは再び、吉原に客を運んだ。

「なんだか……あの夜と同じような塩梅《あんばい》だよな」

「変なこと云うねぃ」

土手の上を行く空駕籠は当然のことながら軽い。が、その晩は仁吉も治平も勢いづいて走ることを止《や》めていた。

えっほえっほと帰路を進むと月明かりに照らされた土手の上に人がいる。近づけば旦那然とした身なりの良い恵比寿顔《えびすがお》の客が手招きをしていた。

「おお、助かった。こんなところで雲助《くもすけ》駕籠に捨てられてしまいましてな」

ふたりは男の提灯を見て唾を呑《の》み込んだ――丸に井桁《いげた》三。江戸に知られる呉服商、三井越後屋の印である。

――こいつぁ、難儀を救ってやりゃあ、酒手《さかて》は天井だ。

仁吉が治平を見やると相手も〈承知〉とばかりに強く頷《うなず》いてくる。

「旦那、そりゃあ大変なことでした。どうぞ、むさ苦しい駕籠ですが遠慮なく使ってやって下さい」

「いえいえ。ありがたいありがたい」

客は千住《せんじゅ》の宿《しゅく》の手前にある家に戻るところだったと告げた。

ふたりは勢いづいて駕籠を担ぎ出した。

ところが着いてみると客の指定したのは見るも無惨な田の中の荒ら家《あばや》だった。

「旦那、本当にここでいいんですかい」

「ああ。そうですそうです」

客は仁吉の告げた代金だけを渡すと薄明かりが灯《とも》るだけの破屋《はおく》にさっと入ってしまった。闇のなか担ぎ棒に下げた提灯だけがぼんやりと残されたふたりを照らした。

「なんでぇ莫迦にしやがって。見かけ倒しの貧乏っ垂れじゃねえかよ」

仁吉が中《うち》に聞こえるように声を上げた。

「やい！　この張り子野郎！　すっとこどっこい！」

「よしなよ。運が悪かったんだよ」

収まりつかない仁吉を治平が懸命に宥《なだ》めながら四《よ》つ手《で》駕籠の垂《たれ》を捲《めく》って、すうっと息を呑んだ。仁吉のほうを向いた治平は声もなく駕籠を指《さ》した。座面の部分に膨らんだ胴巻《どうま》きが落ちている。持ち上げるとずっしり重い。中を検《あらた》めると三十両は入っている。

荒ら家はシーンと静まり返っている。

仁吉は胴巻きを駕籠のなかに放り込むと治平に合図し、その場を逃げ出した。

「に、仁吉どん！　どうするん」

後棒の仁吉の風を切るような勢いに先棒の治平は泡を食って叫んだ。

「知れたこと。難儀を救って貰《もら》いながら酒手を渋った野郎へ目に物見せてやんのさ」

「で、でも三十両もあるんだぜ！　バレりゃ、ふたりとも三尺高い木の上だ」

「莫迦。うわばみじゃねえんだ。丸呑みしようって了見はねえよ。二、三枚、酒手代わりに弾んで貰やあ、残りは番所に届けりゃいいんだ」

「でも減ってるぜ」

「構うこたあねえさ。減ろうが増えようがあいつにその証《あかし》が立てられるはずがねえもの」

「あ、ほんとだ。うふふふふ」

「ははははは」

土手の暗闇にふたりの笑い声が響いた。

ところが暫《しばら》くして異変が起きた——駕籠が重いのである。

勿論《もちろん》、駕籠は空である。なかに入っているのは三十両の胴巻きのみ。しかし、駕籠は慥かに最前より重くなっていた。そしてまた、それが自分だけの気の迷いではないことは先棒の治平の掛け声もいつの間にかくぐもり澱《よど》んでいることから仁吉には知れた。

だがふたりは敢《あ》えてそれを口にするのを躊躇《ためら》い、何ごともなかったかのように駕籠を昇《か》く。

けれども土手を半ばも過ぎると、いよいよ駕籠の重さは尋常ではなくなった。一歩踏み出すごとに担ぎ棒がしなり、肩の骨が外れるかと思われた。

「に、仁吉どん！　こ、これは堪《たま》らねえ！」

遂《つい》に治平が悲鳴のような叫びを上げ、担ぎ棒を放り出すと駕籠の傍らにへたり込んでしまった。仁吉も同様に座り込んだ。

「い、いってぇぜんてぇ……」

ふいごのような熱い息のなか治平が呟《つぶや》いた。

目の前には駕籠がある――垂《たれ》が風で静かに揺れていた。が、なかの様子は杳《よう》としてわからない。ふたりは顔を見合わせた。

辺りはしーんと闇に溶け、虫の音も聞こえなかった。

駕籠から衣擦《きぬず》れの音と共に女のほくそ笑む声がした。

今にも泣き出しそうな治平に頷くと仁吉が駕籠の前に立った。

そして大きくひとつ息を吸うと怒鳴った。

「おう！　なんのつもりかしらねえが悪戯《いたずら》も過ぎると怪我《けが》ぁするぜぃ！　こちとら日本橋の駕籠じゃ、ちったぁ知られた、お兄《あに》いさんたちなんだ！」

そして垂をグイッと勢いよくめくりあげた。

なかを見つめるふたりの背がギュッと縮んだようになった。

乗っていたのは子牛ほどもある女の生首だった。それが仁吉らを物凄《ものすさ》まじく睨《にら》み付《つ》けていた。

げぇ……仁吉は喉が油泥《ゆでい》を呑みこんだように鳴るのを聞いた。

逃げ出そうと先に腰を上げたのは治平だったが、仁吉がその腕を摑《つか》んで自分の後ろに押しやった。

「ひ、ひでぇや」

その言葉が終わらないうちに駕籠から転がり出た女の首が治平に嚙《か》み付《つ》いた。

悲鳴が轟《とどろ》き、仁吉は一目散に土手を駆けた。

今にも首が後から自分を丸呑みするのではないかとの戦慄が総毛立たせていた。

と、ドンと真っ正面からぶつかったものがあった。地べたに転がった仁吉、振り仰ぐと角提灯を下げた旗本風の侍がひとり睨んでいた。

「あ、お、お侍さま！」

地獄に仏とはこのこと、と早口で事情を捲《まく》し立《た》てる仁吉の言葉を黙って聞いていた侍は頷いた。

「それは信《まこと》の話であろうな。上《かみ》への献上品を持ち帰る途上故、戯《ざ》れ言《ごと》に付き合う暇《いとま》はないが……」

「いいえ。いいえ。本当のことで御座いやす。決して嘘《うそ》などは申しませぬ。どうぞどうぞ、お助け下さいやし。首尾良く御仕留《おしと》め戴《いただ》きやしたら、あっしどもの駕籠で、どこへでも参《め》ぇりやす」膝を突いた仁吉はそう云って侍を拝んだ。

侍はもう一方の手に提げていた風呂敷包みを一瞥《いちべつ》してから鷹揚《おうよう》に「参ろう」と告げた。

「あ、ありがとうござりやす」

侍の提灯を受け取った仁吉は先導しながら駕籠のあった辺りへと戻ってきた。

が、肝心の駕籠も治平も、勿論、女の生首も見当たらない。

「た、慥かにここなんでございやす！」

土手の上は勿論のこと、葦の茂みにまで踏み込み探したが、仁吉の云う物の片鱗《へんりん》も残されてはいなかった。

「おっかしいなぁ」仁吉がそう呟くと鯉口《こいぐち》が切られる硬い音がした。

侍が抜刀していた。

「下郎《げろう》、そこへなおれ」

「ひ、ひえ」

ぴたりと首筋に冷たい刃先を当てられた仁吉は逃げ出すこともできなかった。

「これを開けてみせい」

侍が目の前に風呂敷包みを置いた。

仁吉が震える手で解くとなかには見事な蒔絵《まきえ》を施した重箱が五段。

「蓋を取れ」

「へ、へえ」

云われた通りに仁吉がすると、きな粉と小豆《あずき》を使ったおはぎが詰められていた。

が、無残にも片側に寄って潰れている。

仁吉はそれをあの時、自分が侍に当たったせいだと悟った。

侍の目が提灯の灯《ともしび》を受け、静かに光っていた。

と、刀がすっと引き上げられ、侍が大上段に構えた。

「ひええ……なんまんだぶ、なんまんだぶ」

縮み上がった仁吉は一心に念仏を唱えた。

その姿に何を感じたのか侍は刀を振り下ろす代わりに告げた。

「もはや、その品は上に献上するに能《あた》わん。然《さ》りとて心尽くしのものを捨て置くわけにも参らず。貴様が平らげるのであれば、その素《そ》ッ首繋《くびつな》いでおいたままにしてやるが、どうだ？」

「あ。戴きます！　戴きます！」

助かったとばかりに仁吉は重箱の中身に手をつけた。

「全てじゃ。ひとつなりと残さば、貴様は首と胴の泣き別れと覚悟せい」

氷のように冷たい刀を項《うなじ》に押し付けられた仁吉は無我夢中でおはぎを頬張《ほおば》った。

三つ、四つ、五つ……走り回った喉におはぎは通り難《にく》く、しかも怖《おそ》ろしさと困惑で味すらもわからなくなっていた。

「ほれ、まだあるぞ。ほれ、ほれぃ……」

侍が刀の峰《みね》でひたひた叩きながら急《せ》かしてくる。が、如何《いか》に死にものぐるいで平らげようとしても重箱のひとつを空にしたところで胃の腑《ふ》から喉元までもが詰まってしまい、どうにもこうにも息すらできぬようになった。

「ほれぃ、どうしたどうした……喰《く》わねば泣き別れぞ。よいのか？　よいのか？」

仁吉は顔中をおはぎ塗《まみ》れにしながら泣いた。泣いて許しを乞いながら、ひとつまたひとつと口に押し込むようにしておはぎを喰った。

……もう駄目だ。これ以上はいけねえ……。

仁吉がそう覚悟した時、一瞬、首を離れた刀が〈むんっ！〉との気合い一閃《いっせん》、振り下ろされた。仁吉は自身がつんのめるのを感じた。が、次の瞬間、目の前に両の手におはぎを握り締めたままの自分の軀《からだ》を見た。無論、首から上は無い。

既に侍の姿はなく、首だけとなった仁吉は何故《なぜ》、まだ生きているのかわけもわからず哀《かな》しくて泣きに泣いた。おんおんと泣いた。

と、その時、肩を揺すぶられる気配に仁吉は我に返った。

目の前には野良着《のらぎ》姿の老人が目を丸くして立っている。明け方なのか周囲は既に明るい。

「おめえさん、大丈夫《でえじょうぶ》かえ」

仁吉は咄嗟《とっさ》に首に触れた――ある。首は離れてはいなかった。

しかし、辺りを見回し動顛《どうてん》した。

そこは粗末な馬小屋であり、自分は飼い葉桶《おけ》に首を突っ込んでいる馬の尻の下に座っていたのである。そして両手は馬糞《ばふん》でべたべたになっていた。

「そんなもの口にほおばってよぉ」

老人の言葉を耳にした途端、殺到した口中の糞気に仁吉は気を失った。

日本橋の駕籠屋に這々《ほうほう》の体《てい》で戻った仁吉は仲間と共に治平を探すと、葦の茂みで駕籠に頭を突っ込んだまま気絶していた。

ふたりの話を聞いた駕籠頭は子狸のことを殊《こと》の外《ほか》あわれんで、土手の上に小さな地蔵を建てたということである。仁吉も治平も駕籠を辞め、いなり寿司《ずし》と二八蕎麦《にはちそば》の屋台にそれぞれ鞍替《くらが》えしたと聞く。

浮《うき》小判

武州足立郡《ぶしゆうあだちぐん》には日が暮れてから近寄ってはならない沼があるという。

時折、何も知らない商人や旅人が難に遭う。

特に近くの村で惨《むご》い人死にが出た時など、その沼を通りかかると必ず数枚の小判がぷかぷかと浮いているのを見る。

黙って通り過ぎれば良いが、欲心を起こし、取りにかかれば必ず溺れる。

古老曰《いわ》く「水に小判が浮く道理がない。なぜ、そのようなことがわからぬか」。

年にひとりかふたり、無残に土左衛門《どざえもん》となっては引き上げられる亡骸《なきがら》を見て嘆息するという。

捨て草履《ぞうり》

山谷堀《さんやぼり》は船宿、澤瀉屋《おもだかや》にすいという女中が居た。元々は安房《あわ》の油問屋の娘だったが流行病《はやりやまい》で親兄弟が死滅し、幼いすいひとりだけが生き残った。お定まりの親戚盥《たらい》回《まわ》しを経《へ》、小湊《こみなと》の宿で子守や追廻《おいまわし》をしている折、来訪していた澤瀉屋の主人に拾われた。

その年、十五になるすいだったが最近、なにかにつけて顔を見せる客の手代《てだい》に困惑していた。名は巳代松《みよまつ》——二十歳になる男だが主人のお伴《とも》でやって来て、すいを見初《みそ》めて以来、しばしば顔を出しては芝居見物をしよう、団子を喰《く》おう、鍋を突つこう、梅だの桜だの紅葉《もみじ》だのを見に行こうと誘ってくる。が、すいはそうしたことに全く興味がなかった。彼女は自分を救ってくれた澤瀉屋の主人に奉公で恩返しをすると決めていた。その為には身を粉にして働くことだとの覚悟があった。

巳代松は自分は下野《しもつけ》にある薬種問屋の跡継ぎだと云《い》った。

その日も廊下で待ち伏せるようにして居、自分の顔を覗《のぞ》き込むようにして親元から小遣いが送られたと云う巳代松に、すいは〈だからどうだというんだ〉と思った。

「すいちゃん、云い難《にく》ければ俺から旦那に云ってやってもいいんだよ」

「なにが」

「お休みだよ」

「よしてよ」

「遠慮は要らないぜぇ」

咥《くわ》え煙管《キセル》で脂下《やにさが》った巳代松の顔が近づいた瞬間、すいは自分でも気づかぬうちに頭突きを喰らわせていた。所詮《しょせん》、小娘と油断していた巳代松、鼻の柱が音を立てたと思ったまま、仰のけに倒れると気絶してしまった。

「おととい来い！　莫迦《ばか》」

すいは巳代松をそのままに奥へ引き戻った。どきどきしながら夕食の支度を切り盛りしていたが、幸いなことに巳代松はひとりで起きて帰ったのだろう、騒ぎにはならなかった。

それから暫《しばら》くしてすいに届け物があった。もとより身寄りのない身である。届け物などあるはずがないのだが、帳場で主《あるじ》に渡された風呂敷を開けると品の良い草履が包んであった。巳代松からだと主は云った。「要りません」と押し戻したが、折《せっ》角《かく》くれようというものをそう邪険にするものではない、見れば女物、くれたほうも返されては困るだろうし、おまえが持っていて不自由するものでもあるまいと諭《さと》され、すいは納めることにした。

実はすいは主の言葉に内心、ホッとしていた。ひと目見たときから、その草履が気に入ったのである。すいは先輩ひとり、同輩ひとり、後輩ふたりの五人で一室を使っていた。私物は柳行李《やなぎごうり》ひとつに入るだけ。すいは誰もいないのを見計らって草履に足を入れると畳の上を歩いてみた。足裏に優しいと感じ、鼻緒が可愛《かわい》らしく思えた。屹度《きっと》、巳代松の罪滅ぼしのつもりなんだ――貰《もら》ったとはいえ態度を改める気はなかったが、単純に新しく可愛らしい草履が嬉《うれ》しかった。そういうものは分不相応だと、たとえ女客の拵《こしら》えに心惹かれても押し殺してきた自分だったからだ。

草履を胸に抱くと短くも幸せだった一家団欒が瞼に浮かんできた。

それからも巳代松は時折、主人の付き添いでやってきたが以前のような態度を取ることは無くなった。主人の伴《とも》として現れ、伴として帰る。草履のことで相手が嵩《かさ》に懸かるのを心配していたすいはホッとした。そしてホッとすると同時に草履をますます愛おしく思うようにもなった。以後、すいは皆が寝静まるのを待っては夜の庭に出、草履を履いた。勿論《もちろん》、外出などしない。ただ庭のあちこちを少しばかり行き来すれば気が済んだ。

そんなある夜、いつものように庭を歩くと壁と樹の間に掛かっていたらしい蜘蛛の巣に顔を突っ込んだ。ゾッとして振り払いながら部屋に戻ろうとすると辺りの景色が一変していた。

あるはずの屋敷がなく森のなかにポツリと立ち竦《すく》んでいたのである。

すいは動顚《どうてん》した。が、落ち着かなければ駄目だと自分を叱りつけた。幼いながらも窮地を潜《くぐ》った経験が身のうちのどこかに残っていたのであろう――落ち着かなければ戻れないぞ、と自分で自分に言い聞かせた。

火の明かりが木々の隙間から覗いていた。すいはそれを頼りに近づいた。森の只中に焚《た》き火があった。それを三人の男たちが囲んでいた。

〈もし……〉と声をかけようとして、すいは息を呑《の》んだ。火の脇にいた男が自分の顔を引っ張るとそのまま皮を胸元まで剝《は》いだのである。

『あづいあづい』と、それは笑った。すると残るふたりも同様に皮を脱いだ。いずれも中身はぬらぬらと血みどろに濡れた肉塊である。剝《む》き出しの目玉と歯でゲタゲタ笑い合うと物凄《ものすさ》まじい。すいは膝が震え進むことも退《の》くこともできなくなった。

『びどぐざいぞ』

『おうぐざいぐざい』突然それらが騒ぎ出した。そしてひとりがすいを指差した。

『ぞ、ぞうりがある』

『なんでぞうりだげ』

それらが立ち上がった。

怖ろしさにすいは悲鳴を上げ掛けた。すると不意に口元が何者かに塞《ふさ》がれた。

〈!〉

背後からすいを抑えているのは焚き火の周りに居るのと同じ肉人形だった。

振り解《ほど》こうと藻掻《もが》くすいに相手が囁《ささや》いた。

『ずい』

その声に聴き覚えがあった——遠い昔、夜泣きする自分によく昔話をして宥《なだ》めてくれた次兄の声だった。

『うごぐな。そのままゆづぐりあるいでぎだまま、もどれ』そう呟《つぶや》くと次兄だった、ものは『わじだ！』と焚き火に向かって手を上げ、集団に飛び込むように進んだ。

『おおびどぐざいのば、おまえが！　ごのもうじゃぐずれが！』

そう云うや否や、焚き火の肉人形たちが次兄に、わっと飛びかかり、力任せに腕や足をもぎ抜き、首の付いた胴体と共に火の中に投げ込んでしまった。

怖ろしさと哀《かな》しみで気も触れんばかりになったが、すいは次兄の言葉通りに一歩一歩ゆっくりと後退《あとじさ》った。

すると不意に闇が薄れ、凡庸《ぼんよう》な月の照る庭に戻っていた。

すいは部屋に戻ると枕に顔を埋め、声を殺していつまでも泣いた。


〈あの怖ろしい草履はお寺に納めてしまわなくては……〉

翌日、仕事を終えたすいが皆の居る部屋に戻り、柳行李の底を探ると慥《たし》かにしまったはずの草履が消えていた。見るといつもはツンとすましているばかりの先輩女中が顔を背けた。以前から仲間内で手癖の悪さを噂《うわさ》される女である。

すいはその姐女中《あねじょちゅう》の前にしっかり座ると〈姐《ねえ》さん、お気づきなら返してください〉と云った。姐女中は血相を変え、〈なんだってぇ〉と鉄火に怒鳴った。

「姐さん、あれは怖ろしい草履です。持っていても碌《ろく》なことには成りません」

そう云い終わらないうちに相手は、すいの髪を摑《つか》むと近くの床柱に思い切り叩きつけた。

顔のなかで厭《いや》な音がするのを聞くとすいは気を失った。

気が付くと既に日は上っていた。年下の女中が心配そうに側《そば》で眺めていた。

「姐さん、今日は寝て養生しなさいとご主人様が仰ってました」

「そう」

「姐さん、あたし知ってたんです。あの人が度々、姐さんの行李からあの草履を出して履いてるのを。自分の方がお似合いだって……」手にした豆の袋を弄《いじ》りながら彼女は涙ぐんでいた。「云うと酷《ひど》いよって云われて。あたし……」

「いいのよ……」部屋を見回したすいがそう云った。「それであの人は」

「知りません。朝になったら居なくなっちまって。あの後、女将《おかみ》さんに随分と叱られていたから夜逃げしたんだってみんな云ってます」

「でも……荷物が。行李が残ってるよ」

その夜更け、どこからか物凄まじい女の悲鳴が轟《とどろ》いた。

全員が総毛立ちながら抱き合うなか、すいだけが唇を噛《か》んで天井を睨《にら》んでいた。


翌日、すいは主に午後から暇を貰《もら》った。手代の巳代松に会いに行くためだった。

あの草履をどこで手に入れたのか聞き出さなくてはならなかった。ところが聞いていたはずの店《たな》に行くと巳代松などは知らないと云われた。他に当てもなく店前で戸惑っていると船宿に巳代松と共に顔を出すあの主人に出会《でくわ》すことができた。すいが巳代松の居場所を問うと主人が「あれは親しくしている寺の寺男だったのだが最近、暇を出されたよ」と云った。

寺の名前を聞いたすいが船宿に戻ると庭の方で人だかりがしていた。

船宿の者のほぼ全員が集まり、庭で一番高い松の枝先を指差している。何か異様なものが引っかかっているのである。間もなく出入りの植木職人がやってくると、恐る恐るそれを取り外し、皆の前に置いた。

〈げぇ〉誰かが押し殺した声を上げる。

それは襤褸襤褸《ぼろぼろ》に引き裂かれた草履であった。鼻緒は裂け、血塗《ちまみ》れの台には細かな肉片が食い込み、長い髪が幾重にも絡まっていた。その一部が枝に引っかかっていたのである。

すいは悲鳴を上げ、主にことの次第を告げた。

話を聞くうち色をなした主は草履を包ませると、すいを引き連れ、直ちに巳代松の居たという寺へと赴いた。

血塗れの草履を目の当たりにしつつ、すいの話を聞くうち和尚《おしょう》は深く眉間《みけん》に皺《しわ》を寄せ、〈誠に迂闊《うかつ》であった〉と頭を下げた。

「それは捨て草履ですのじゃ。巳代松は檀家の寄進や供え物の一部を金品に替えては悪所に出入りしていたのじゃが、それにしてもこれはなんともはや……」

「どういうことでしょう」主が問うた。

「これは檀家が葬式の時に履き、穢《けが》れ物として墓場に捨てていく忌《い》み草履なのじゃ。儀礼として生者が二度と履かぬよう必ず鼻緒は断ち切ることになっておる。彼奴《きゃつ》はそれを盗みだし、鼻緒だけをすげ替えたのでしょう」

和尚の話を聞き終えたすいは自分の体験を話した。

「あなたの身の上を案じた兄の気持ちが仏に通じ再会させたのかもしれん。消えたお女中は可哀想だが忌み草履によって地獄へ踏み込んだ報いを受けたに違いない」

主は草履と共に、いなくなった女中の菩提《ぼだい》を篤く弔ったという。

横綱

「ええ。まあ、この辺りを流させて貰《もら》ってりゃあ、自然と関取衆も御客様ということになりますわねぇ」

彦《ひこ》の市《いち》は、本所《ほんじょ》、両国《りょうごく》、浅草《あさくさ》辺りの凝《こ》り方のなかでは、知らぬ者のないほどの揉《も》み上手。

「肩から入った手が臍《へそ》へ抜けるなんて、口達者な御客様もいらっしゃいますよ」

彦の市は、按摩《あんま》のなかでは比較的とうが立ってからの男だった。

「あっしが目ぇをやっちまったのは十八の時でございます」

当時、大川《おおかわ》で船大工の見習いをしていた佐《さ》吉《きち》、つまり彦の市だったが、どういう加減か棟梁が削った木っ端が目に飛び込み、それが原因で両目を失ってしまった。

「どっちかつむってりゃ良かったのに、とよく言われましたがね。こっちだって好きで一遍に両目を潰したわけじゃないんで」

ひと月ほど高熱が続いたあと、視力が落ち始め、一年もする頃には『立派な盲人になっていた』と彦の市は笑う。

「ま、あっしの場合にゃ、心の準備ができただけましでしたがね」

それから座頭のもとに入り込み、揉み治療だけでなく鍼《はり》や灸《きゆう》まで、ひととおり手がけられるように修業をした。

健眼だった時分が長いだけあって、お客相手の話も通じやすい。やれ浅草寺《せんそうじ》の五重塔がどうだとか、本所の桜がどうだとか……。生まれつきの盲人では通じない話ができるだけお客は気が楽だ。

「へへへ、ありがとうごぜえやす」

彦の市は商売柄か、つるつるに光る指先でくい、くいと器用に人の軀を揉み上げていく。彼にかかって手足を曲げられ、動かされると、いつのまにやら我が身が我が身でなくなるような気さえしてくるのが不思議だ。

それでいて、ちっとも不快ではない。

「で、あれですね。不思議な話ですよねぇ」

彦の市は思い出したように呟《つぶや》くと、う〜んと考え込むふりをした。

「これはあっしがまだ駆け出しだった頃の話ですがね」

特に名は控えさせて戴《いただ》きたいんで、と前置きしながら彦の市は、大川を渡った先にある相撲《すもう》部屋での話を聴かせてくれた。

「いつもは浅草辺りの酔客相手でしたからね。多少の粗相《そそう》があっても気づかれやしないだろうってなもんでしたが、大川のこちら側となると気も引き締まりましたよ。何しろお客のほうが詳しいぐらいの人がごろごろいますからね」

それでもやはり自分の技を磨くためと、彦の市は勇気を振り絞って流していた。

「按摩屋さん！　たのむぜ！」

不意に声をかけられたのが、丁度橋を渡って一町ほど歩いたところ。

「お相撲だって。もうぴんときましたね。上等な鬢付《びんつ》け油《あぶら》の良い香が、ぷーんとしてきましたから」

お付きの者に案内された先がなかなかの豪邸。

これは結構な部屋だぞと思っていると、客のいる寝間に通された。

「どうも、お呼び戴いてありがとうございます。彦の市と申します」

「よう。堅っ苦しい挨拶《あいさつ》は抜きにして、さっそく始めて貰いましょうか」

太い声がした。

失礼しますと声をかけ、肌に手ぬぐいをかけただけ、俯《うつぶ》せの肩に手をかけるところが尋常じゃない。

「もうガチガチ。岩を掴《つか》んでるみたいなもんで……」

内心、これは大変なことになったと冷や汗が出てきたが、そんなことはおくびにも出さず、彦の市は揉み始めた。

「かてぇな、かてぇ、本当にどうしてこんなにかてぇんだよ！　って始めの頃こそ心のなかで怒鳴りながら揉んでましたけどね」

さすがに上等な筋肉、ある一定のところを越えると突然に柔らかくなっていく。

「やっぱり、これが本当の状態なんだってね」

彦の市には、いま揉んでいる客が横綱だということがわかっていた。

「本人は言いませんがね。上等の着物に上等な鬢付け油、それに広いひとり部屋。間違いなくこの人は名のある横綱に違いないと思いましたよ」

気がつくと低い鼾《いびき》が漏れていた。

しめた！　と彦の市は思った。

「躰を掻《か》くっていうのは満足してる証拠なんですよ。加減が弱すぎて不満だったり、逆に強すぎて痛い場合には客は寝やしませんからね」

肩から腕、背中、腰と全体を通して揉みたてたが、途中でどうしても一点、凝りがほぐせない場所にぶつかった。

「おかしいなぁ、ありとあらゆる手立てを使ってるんだが、どうしてもそこの凝りだけが解《ほど》けないんですよ」

場所は神道《しんどう》、霊台《れいだい》という肩胛骨《けんこうこつ》の辺りであった。

「なぜか俄然《がぜん》、按摩心に火がつきましてね。どうせ相手は寝てるんだ。少々の荒療治をしたところで気づきゃしねえ。あっしはどうしてもこいつを揉み解きてぇって……なんだったんでしょうね？　あの意気込み」

とにかく彦の市はその場所を中心に揉みたてた。

すると肉が見る間に柔らかくなった。

「どのつぼが効いたのかはわかりませんでしたけれどね」

とにかく横綱の軀は、突然水餅のように柔らかくなった。

「でも、まだ芯にこりこりしたものが残ってましたのでね」

ぐいと指先に力を込めると、ぐすっと腕が沈んだという。

「あれ？　っと驚きましたね。でも、こっちはとにかくあの固いのが気になってるんで」尚もぐいぐいと力を込めると指先にちくりと当たったという。

「思わず、そいつをつまみ上げてました」

うーんと横綱が呻《うめ》いたので彦の市、手にしたものをとっさに袂《たもと》へと仕舞い込んだ。

「大丈夫ですかい？　横綱」

「ああ」

それから凝りはすっかり消え、彦の市は仕事を終えた。

銭を渡され表に出た彦の市、袂の中身が気になって仕方がない。

それでも近くに誰かが見ていてはいけないと、遂にその晩は早々に商売を切り上げて帰ってしまったのだという。

「で、それがどう触っても小さな像のようなんですよ」

なんでそんなものが横綱の軀のなかにあったのか彦の市には見当もつかなかった。

「明くる日、井戸端にいる嬶《かかあ》たちに見て貰ったんですよ」

するとと全員が全員、仁王様だと口を揃えていう。

返すべきか、そのまま貰っておくべきか彦の市が悩んでいると、長屋の相撲好きがぶつぶつ文句を言いながら帰ってきた。

「新《しん》さん、どうしたんです？」

「どうしたもこうしたもねえよ。あんな情けねえ勝負は見たことがねえ」

「なんですよ、そんな藪《やぶ》から棒に」

「てやんでぇ。天下の大横綱が小結にころりと転がされてみろよ。頭にもくるってもんだぜ！　なんだよ、あの野郎。今場所が勝負だってわかってる癖によ」

「しょ、勝負なんですか？」

「あたぼうよ！　今場所勝ちゃ、大横綱、二代谷風《たにかぜ》の二十一回優勝を凌《しの》ぐってのによ。なんだよ、ありゃ」

「しまった！」

彦の市は大声を出すと、按摩は按摩なりの速さで脱兎の如く飛び出した。

「あっしは気づいたんですよ。仁王像ってのは金剛力士像っていうじゃありませんか……。なんだかしらねえけれど、あっしは知らぬ間に大変なことをしちまったような気がして、もう居ても立ってもいられなくなったんです」

あたふたあたふたと彦の市が浅草を過ぎ、本所を抜け、両国橋に辿《たど》り着《つ》いた頃にはすっかり日が沈んでいた。

「で、あっしはそこで慌てて出てきたのは良いけれど、どうやって返すかってことを全く考えていなかったことに気づいたんですよ」

部屋はわかるが、いきなり訪ねていって『これ返しておいてください』というのも不躾《ぶしつけ》だし、もし無くされでもしたらえらいことだ。かといってこちらからなんと言えば横綱に直に逢《あ》えるのか……。

彦の市は部屋の前まで行きながら考えあぐねていた。

するとぽんと肩が叩かれ。

「よう、按摩さん。どうやら失せものを届けに来てくれたようだな」

と、横綱の声がした。

「あ、は、はい」

彦の市は慌てて袂から像を取り出した。

「お、こいつだこいつだ。ありがてえ」

と、声がした途端、横綱がごくりと喉を鳴らして像を呑《の》み込むのがわかった。

「按摩さん、このことは内緒にしといておくんなよ」

「へ、へえ！」

彦の市がそのまま帰ろうとするのを横綱、摑まえて。

「何も口止めを空手でさせるのも悪いやね。喰《く》っていきなよ」

横綱はそのまま彦の市をつまむようにして部屋に連れ帰ると、歓待してくれたという。

「あの一件からですよね。多少とも自分の腕に自信のようなものがついてきたのは。感謝してますよ、横綱には」

彦の市は照れたように笑うと、また手に力を込め始めた。

饅《まん》頭《じゅう》怖い

内藤新宿《ないとうしんじゅく》の旅籠《はたご》、亀丸屋《かめまるや》におせきという飯盛女《めしもりおんな》がいた。数え二十四の中年増《ちゅうどしま》であったが年に似合わず、肌は若々しく、遠くは保土ケ谷《ほどがや》、川越《かわごえ》辺りからもおせきに逢《あ》いに来る者がいた。

飯盛女とは吉原《よしわら》でいうところの女郎と違い、表向きは旅籠で客の世話をする者という意味である。が、食事が終わってその後は女郎と同じこともする。品川《しながわ》、千住《せんじゅ》、板橋《いたばし》、内藤新宿の江戸四宿《ししゅく》と呼ばれた宿場町には幕府非公認の売春が黙認されていた。所謂《いわゆる》、岡場所《おかばしょ》である。

避妊法の確立されていない当時、大抵の女郎は御簾紙《みすがみ》なるものを噛《か》んで柔らかくし、それを膣《ちつ》内に仕込む。または臍《せい》下《か》二寸に灸《きゅう》を据える、朔日丸《ついたちがん》なる避妊薬を服《の》むなどしたが、効果の程は定かではなく、専《もっぱ》ら洗浄することと神仏に祈ることに頼っていた。

妊娠すれば当然、仕事は続けることはできないし、場合によっては廃業ということにもなりかねない。女郎にとっては正に死活問題である。

ところが、いつの頃からか、おせきにはそうした悩みがなくなっていた。勿論《もちろん》、妊娠しないわけではなかった。寧《むし》ろ、他の飯盛女より子種は着き易《やす》いように思えた。なぜなら身を入れた客との交接のあと数日すると決まって悪阻《つわり》のような症状が出、また身に円《まる》みが出て、肥《ふと》るのである。遊女の変化に敏《さと》い遣り手《やて》などは、〈あんたとうとう当たっちまったね〉などと云《い》って近づき、中条流《なかじようりゆう》だの間引き坊だのの世話を受けるよう唆《そそのか》してくる。

が度々、そのようなことがあるにも拘《かか》わらず、おせきは生死を問わず一度も子を産んだことはなかった。腹が肥り、自分でもいよいよ年貢の納め時かと肚《はら》を据えた頃になると、彼女は腹に手を当て〈また今度にしな。また今度〉と云いながら撫《な》でさする。すると突然、腹の様子が治っている。

遣り手も旅籠の女将《おかみ》も不思議がるのだが、一番驚くのはおせき自身であった。

「まあ、あんたって女《ひと》はつくづくこの商売に向くように産まれてきたと思うさね。神仏に感謝しなくちゃなんないよ」

その言葉に初めこそ泣き笑いでおせきは頷《うなず》いてはいたが、いつしかそれが当然のことのように思われ、腹に宿っては消えていく水子《みずこ》のことは気にならないようになった。

いつしか、おせきはその不思議を利用するようにもなっていった。つまり、腹が膨らみ出すと馴染《なじ》みの客に〈あんたの子だ〉と云い、処置代を集《たか》るのである。厭々《いやいや》ながらも相手は銭を出す。勿論、おせきはそれを我が物にしてしまうのだが暫《しばら》く経《た》って腹が平らになると客は自分の銭が役に立ったんだと安心した。

「……ほんとになんだか便利なものを戴《いただ》いたよ」

湯を使っている時などおせきは自分の生白い腹を見ながらそう呟《つぶや》いた。

良心の呵責《かしやく》とまでは云えないが、おせきには胎《はら》としている約束があった。切っ掛けは夢である。ある夜、宿場の井戸端で泣いている子供を見た。子供は七人いた。全員が全員、顔の口以外の部分がなかった。だが慥《たし》かにこれらは自分の子だとおせきにはわかった。言葉を尽くして謝り、宥《なだ》めたが子らは泣き止まない。とうとう根負けしたおせきは、ならば『饅頭を断つよ』と告げたのである。饅頭はおせきの大好物のひとつである。その途端、子らの泣き声は止《や》み、すっくと全員が手を繋《つな》いで

立ち上がった。目鼻のない顔だったが明らかに納得しているとおせきは感じた。彼らは深い井戸の中にひとり、またひとりと戻って行くかのように身を投げていなくなった。真っ暗な部屋で目を開けたおせきの耳に、いずこからか猫のような赤ん坊の泣くのが聞こえた。

以来、おせきは饅頭を決して口にしなかった。

宿場内でおせきの饅頭断ちは噂《うわさ》になった。客や仲間のなかではなんとか喰《く》わせようと試みる者もあったが、おせきは頑《がん》として受け付けず、しつこい者は怒鳴りつけた。そうした姿に旅籠の主《あるじ》も真面目に勤めている彼女を慮《おもんぱか》り、おせきに饅頭を勧めてはならじ、という不文律のようなものまでができあがった。

饅頭以外にどうということもなく、おせきは飯盛女としての年季を終え、そのまま旅籠の飯炊きとして残った。何度か夫婦にという申し入れもあったが、自分はそんなことのできる女ではないとこれも頑として断ってしまっていた。

やがて飯盛女時代の苦労が身に染み出し、おせきは病《やまい》の床《とこ》に伏せた。旅籠の主は他に身寄りのないおせきを大層気の毒がり、離れの一室を与え、寝所とした。そんなおせきも、半年も経たずに病没した。

侘《わ》びしい通夜の晩、昔なじみの客と朋輩《ほうばい》が集まった。みながおせきの思い出を語っていたが、そのうちにふと誰かが「死に土産だ。おせきさんに饅頭を食わせてやろう」と云い出した。おせきが決して饅頭を嫌いなのではなく、何かの約束で断っていたことを知る彼らは、それは良い考えだと早速、饅頭を買い求め、供えた。するると仲間のひとりが「供えてるだけでは気の毒だ、ひと口だけ食べさっしょ」と枕《ちん》頭《とう》の饅頭を千切っておせきの口に入れた。すると、まるで生きているかのようにおせきの口元がもぞもぞと動き饅頭を食べた。

通夜の客は大いに驚き、また大いに喜んだ。そして「食べろ食べろ」とおせきの亡骸《なきがら》に云い、先《せん》の女が次々と千切った饅頭を口に入れ続けた。やがて、四つ買った饅頭の全てを平らげたおせきは満足したのか口を動かすのを止めた。

「満足したのだろう。良い供養になったわい」と客が互いに顔を見合わせた途端、再び、おせきの口が動きだし、今度は何かを吐き出し始めた。

「ひえ！」それを見た女衆から悲鳴が上がった。

白い欠片《かけら》が零《こぼ》れていた。それは次から次へと湧くようにおせきの口から吐き出された。

――鼠《ねずみ》のもののようにも見えた。

「骨だ」旅籠の主が呻《うめ》いた。「人の骨だ」

おせきの口から溢《あふ》れ出《だ》した小さな骨の欠片は部屋の床をすっかり埋め尽くすほどとなり、全てを吐き終えたおせきの遺骸は骨と皮がようやく残るだけとなった。

骨は全部で七人分あった。いずれも小さな童《こ》のものばかりだった。

主は住職を改めて呼ぶとおせきを含めた八人分の経を読んで貰《もら》い、全員をひとつの棺桶《かんおけ》に入れて菩提《ぼだい》を弔ったという。

狐狸貉《こりむじな》二題

津軽領《つがるりょう》を出て、湯《ゆ》ノ沢《さわ》の峠下番所を経《へ》ると、羽州街道《うしゅうかいどう》は奥州《おうしゅう》随一の難所といわれる矢立峠《やたてとうげ》に入る。津軽藩士、佐藤主馬《さとうかずま》なる者、湯治《とうじ》に来ている朋輩《ほうばい》を訪ねるためこの道を進み、矢立温泉を目指していた。

「おや？」

いよいよ急峻《きゅうしゅん》な登り坂に差しかかろうというところに、菰《こも》のかかった船簞笥《ふなだんす》が置いてある。

近寄ってみると、造りもしっかりした細工物。かなりの名家が所有していたものと思われた。

ちなみに持ち上げてみると、中身が入っているのか、ずしりと重い。

揺するとじゃらじゃら小判の音がしたという。

薄給武士の佐藤、ここで悪心が生じた。

どうせ此処《ここ》にこのまま打ち捨てておけば、いずれ誰かが拾うだろう。また持ち主であっても、一旦登って引き返して来ないところをみると、彼らにとっては端金《はしたがね》なのかもしれぬ。

既に簞笥の中身は小判と勝手に決めつけた佐藤は、着物の裾を端折《はしょ》り、担ぐ準備を始めた。

「ぬおおお」

両手で抱えてみると、先程よりも重い気がした。

しかし、津軽藩士内での草相撲《くさずもう》では後れを取ったことのない佐藤、ここが力の見せどころと、船簞笥を抱え上げ、急峻な坂を登り始めた。

体勢を船簞笥とぴったり合わせなければ急勾配に耐え切れず、忽《たちま》ち坂下に戻されてしまう。酷《ひど》い場合には、落下に近い形で落ちよう、それだけは何としてでも避けなければならなかった。

佐藤は奥歯が割れるかと思うほど歯を喰《く》い縛り、それこそ一歩、半歩とゆっくりじりじりしながら長い時間をかけて登り始めた。

簞笥の菰が臭い。

長の雨ざらしのせいだけではなく、鳥獣の糞《ふん》や尿が染み込んでいるようだった。

鼻をつく激臭に佐藤は何度も吐きかけ、その度に上唇がぶるぶると震えた。

「うわぉ、うおっ」

かけ声ではない。吐きかけた声である。

……臭いのぉぅ。

なんとか菰の部分を避けようとするが、前を見ていなければ坂は登れず、また抱きかかえている格好では、顔に箪笥を覆う菰が当たるのは当然であった。

「ぐうぇっ。えろっ」

佐藤は奇妙な音を出しながら徐々に登り詰めていった。

……く、臭い。父上、母上、主馬は頑張っておりますぞ！

心中で両親に誓った佐藤は、ぐりぐりぬりぬりと菰に顔を押しつけ、箪笥を持ち上げた。

「きえぇぇぇい」

裂帛《れっぱく》の気合いと共に、佐藤は船箪笥を坂の上へと見事に放り投げた。

佐藤はその場で大の字に倒れてしまった。

空の青が気持ち良かった。

冷たい風が火照った軀を撫《な》でていく。

佐藤は起き上がると坂を見下ろした。

……よく運んだものよ。

改めて溜息が出た。

そして横倒しになっている船簞笥を起こすと引き出しの把手《とって》に手をかけた。

すると菰が顔の前でぷーと鳴った。

猛烈な臭いに立ちくらみ、佐藤はえづいた。

「うぬ」

怒りに任せて抜刀すると、宙を薙《な》ぎ払《はら》った。

気がつくと船簞笥は目の前から消え、最前の坂下に戻っていたという。

矢立温泉に到着し、朋輩に話すと。

「御主《おぬし》、それは狸《たぬき》に謀《たばか》れたのじゃ。そのふらふら揺れる臭い菰はさしずめ雄狸の大袋《ふぐり》であろう」

と嗤《わら》われた。

帰路、あの坂に差しかかったが、もう船簞笥は無かった。

＊　＊　＊

「甲州路《こうしゆうじ》の裏街道、坂石《さかいし》を過ぎて正丸峠《しようまるとうげ》に入ったところでしたよ」

大坂へ植木修業に出ていた清五郎《せいごろう》、日の暮れかかるのを気にしながら人気のない街道を江戸へ足早に進んでいた。

「埃《ほこり》っぽい道でしてねえ。早く旅籠《はたご》に着いてさっぱりしてえと、それぱっかり考えて歩いてましたよ」

ふと笛や鉦《かね》の音がするので顔をあげた。なんとこんな山奥に芝居小屋ができていた。

「掛け看板見てもなんなんだかわかんないような、どさ役者ばかりでしたがね」

集まった人々が嬉しそうになかへ行くのを見ると、自分も入ってみようかという気になったのだという。

なかは予想以上に人が入っていた。

「端の方じゃ立ち見も出てましたから」

清五郎は莫蓙《ござ》の隙間を見つけ、なんとか座ることができた。

演《だ》し物《もの》はどこにでもあるような世話物で、男が商人、女が武家の娘らしく、道ならぬ恋に苦悩するふたりが、心中してしまうという物だった。

「ところがですね。土地の言葉なんだか、たまに聞いてて訳のわからない言葉が入るんですよ。普通、武家の娘が好きな相手に恋心を告白するのは、おまえさまとか、愛しい人とかじゃないですか、それが……」

みぎぎみぎ、と言ったのだそうだ。

「それじゃあ、みぎぎみぎ、一緒に死んでくれるのかえ〜って、そんな変な言葉がありますか？」

清五郎はどうも田舎芝居のいい加減さが気にくわない。それもそのはず、清五郎は中村座を始め、芝居の中心地、猿若町《さるわかまち》に散々通い詰めていた男だったからである。自分のなかでは、芝居に関しては玄人《くろうと》はだしだという自負もある。

「妙ちきりんな芝居なんかで、へらへら満足している奴らと一緒にされてたまるかと……」

見ているうちに腹が立ってきた。

しかも、周りにいる連中はそんな芝居に泣いたり笑ったり、なかには涎《よだれ》を顎の下まで垂らしているのまでいる始末。

……ひでえところだねぇ。

清五郎、歯ぎしりする思いでいた。

そして、いよいよふたりが結ばれるという場面。

「これがひどかった」

ふたりはひしと抱き合うのかと思いきや、男が娘の背後に回り込むと、そのまま覆い被《かぶ》さるようにして腰をがくつかせた。

……なんだこりゃ？

とうとう清五郎も堪忍袋の緒が切れた。

「ようようようよう！　ちょっと待ちねえなぁ！」

たまらず清五郎が立ち上がり腕を捲《まく》る。

するとそこには、心意気で入れた我慢《いれずみ》が顔を覗《のぞ》かせた。

「おめえら、そりゃあねえだろう。いくら田舎芝居とは云《い》え、お客を莫迦《ばか》にしすぎだぜ。どこの世界にそんな犬畜生のさかりっ子みてえな……」

と、そこまで一気呵成《いっきかせい》に叫んで気がついた。

みな、自分を見つめていた。

こそりとも音がしなかった。

その空気に圧倒されまいと、清五郎は吸っていた煙管《キセル》の火種をぽんと叩き落とし、新たな刻み葉を詰め始めた。

「だいたいよぉ～」

と、その瞬間、耳が潰れるほどの大音量が轟《とどろ》き、場内の明かりが明滅した。

「で、そこですよ。あっしが見たのは」

一度目の明滅で自分を見ている人間の目が一斉に怪しく光ったのだという。

そして次の瞬間、天井が崩れ、清五郎は押し潰された。

逃げる間などなかった。

気がつくと、地面に投げ出されていた。

芝居小屋の建っていた辺りは既にすっかり暗くなり、そこにきらきらと光る目が並んでいた。

「狸だ、やられた！　と思ったのはその時でしたね」

そして少し離れた街道を、葬式で使う鯨幕《くじらまく》のような大袋《ふぐり》を仲間に担がせながら運ばれていく狸がいた。

清五郎は頭が濡れているのを知り、指先についた汁を鼻に寄せた。

明らかに小便だった。

「つまりは、大袋で拵《こしら》えた狸の芝居小屋に混じっちゃったんですよね」

災難だったのは火種を大袋に落とされた一匹。

「暫《しばら》く使い物にはならねえでしょうねぇ」

清五郎はいまでも芝居小屋通いを続けている。

すんでの箒《ほうき》

柳橋《やなぎばし》から大川《おおかわ》を北上する猪牙舟《ちょきぶね》の着く辺り。

夕暮れ時、ひとりで舟を待とうという者は注意したほうが良いという。

街道筋から岸へと下りようとする際、ふいに身が浮き、そのまま大川へ投げ込まれること屢々《しばしば》と聞く。

「すんでの箒でさぁ」

理屈は知らないが、浅草寺《せんそうじ》の仁王様が世間の縁起悪《わる》を一気に掃き出す時のとばっちりだろう、と土地の船頭は濡れ鼠《ねずみ》の客に説明する。

髪賽銭《かみさいせん》

「それはそれは醜いと莫迦《ばか》にされました」

お辰《たつ》はかつて、目黒《めぐろ》は松平讃岐守《まつだいらさぬきのかみ》の屋敷に奉公をしていた。

子供の頃に患った疱瘡《ほうそう》の痘痕《あばた》が顔を中心に大きく拡がっているのが不憫《ふびん》だった。

瞼《まぶた》や鼻、頬に穴が開き、唇が疣《いぼ》のおかげで捻《ねじ》くれていた。

しかし、性格は至って温和で従順。

同じ屋敷に奉公人として勤めている伯父が、彼女の行く末を案じ、少しでも将来の婚家への箔付《はくづ》けになればと紹介したのであった。

下女として雇われたお辰は、それこそ身を粉にして働いた。

朝は薪割《まきわ》りから、夜は奉公人の縫い物まで、文句のひとつも言わずに独楽鼠《こまねずみ》の如く動き回った。

当然、その働きぶりを賞賛する声も多く、人気も拡がっていった。

紹介した伯父もその噂《うわさ》を耳にすると、うまく人々と馴染《なじ》んでくれるかと気を揉《も》んでいただけに、ほっと胸を撫《な》で下《お》ろしたのである。

しかし、その年の暮れ、奥方のともでやってきた腰元のなかにひとり、お辰をよく思わない者がいた。

「たぶん、あの方はわたしの顔が嫌いなのではなく、心が気に入らなかったのでございます。それは顔を憎まれるよりも手の施《ほどこ》しようのないことでございました」

名を楓《かえで》といい、奥方様付きの腰元より下女の仕切り一切を任されていた。

「楓様はわたしを蓮根姫《れんこんひめ》とお呼びになりました」

楓はお辰を自ら付けた渾名《あだな》で呼んだ。

「由来はもちろん、穴が開いているからでございます」

お辰は俯《うつむ》いた。鬢《びん》の毛が思い出したのか、わなわなと震えるのがわかった。

楓のお辰への虐《いじ》めは激烈であった。

汚れた襦袢《じゅばん》をひとりで何枚も洗わせ、食事に間に合わぬようにするなどは序の口で、厩舎《きゅうしゃ》の馬糞《まくそ》の掃除を手でさせる、屋敷の便所をろくな道具もなく磨かせる。広大な屋敷の廊下を磨かせ、少しでも汚れがあると始めからやり直させる……。

周囲の者もあまりのやり口に啞然《あぜん》としていたが、奥方の寵愛《ちょうあい》を受けている楓に対し、面と向かって意見をする者はなかった。

「きっと皆も早くわたしに辞めて欲しかったのだと思います」

それは実際のところお辰の妄想ではなく、伯父が陰で勧めたことでもあった。

「伯父は、すまない……こんな目に遭わせるとは思いもよらなんだと目に泪《なみだ》を溜めて詫びていました。けど、わたしはそんなことはない。伯父さんが悪いわけでもわたしが悪いわけでもない。奉公だもの、云われたことはしなくちゃ……と、その時、答えたのでございます」

お辰が顔色も変えず、平然とやってのける様が楓をさらに冷酷にした。

ある時から楓は、お辰に箸を使うことを禁じた。

「厠《かわや》も満足に磨けぬ、そちのような下賤《げせん》が食器を使うこと罷《まか》り成《な》らぬ。汚らしいとはどのようなことなのか思い知るが良い」

楓はそう云い放った。

翌日からお辰は握り飯を食べるよう工夫したが、それを見た楓、顔色も変えずに台所に入ると「蓮根姫、結びだけでは喉が詰まりましょうぞ」と云い。お辰の元にぐらぐらと煮えた味噌汁鍋《みそしるなべ》を運ばせ婉然《えんぜん》と笑った。

「さあ一杯、飲みゃれ」

楓は中身を掬《すく》うと、正座しているお辰の顔に近づけた。

「それ！　どうしたのじゃ？」

みなが固唾《かたず》をのんで見守るなかお辰は楓を見つめ、そして両手を椀《わん》の形にした。

「おう、そこかそこか」

楓は躊躇《ためら》いも見せず、煮えたぎる味噌汁を両手に注ぎ込もうとした。

するとそこへ伯父が飛び込み、頭を擦りつけるようにして願い出た。

「ご無体な！　楓様、それでは辰の掌《てのひら》が爛《ただ》れてしまいます！　どうかお許しを」

「何をいう？　わたしはお辰が喉を詰まらせるのを心配しているまでのこと」

「ですが！」

「そちは暇《いとま》が欲しいのか？」

伯父は言葉に詰まった。

「いただきます」

お辰が静かに呟《つぶや》き、椀にした手を楓に近づけた。

「おう、そうか」

楓は顔色ひとつ変えず、改めて鍋の中身を掬って注ぎ込んだ。

「ひっ」

下女のひとりが悲鳴をあげた。

玉のような汗がお辰の顔にぶわっと浮かんだが、声ひとつあげなかったという。

「いただきます」

お辰は何事もなかったかのように両手の中身を啜《すす》った。

楓は手にした玉杓子《たましやくし》を床に叩きつけると叫んだ。

「お辰、今日中に漬物樽《つけものだる》の糠《ぬか》を入れ替えよ！」

「掌は障子に湯を浴びせたように皮が溶け、剝《は》がれてしまっていました」

そこへ塩気の強い糠の仕事。

「痒《かゆ》みと痛みで両手の先を切り落としてしまいたいほどでした」

全てを終わらせた時には暮れ六つを過ぎていた。

「するとその夜、楓様はわたしをお呼びになられたのでございます」

寝所に向かうと、下男をひとり連れて目黒不動《めぐろふどう》へ参詣に行けという。

「昨日の夢見にあそこのお不動様が現れての。是非、深更《しんこう》に使いを寄こせとの御託《ごたく》宣《せん》があったのじゃ。頼むぞ。これを参拝の証として賽銭箱に投げ込むのじゃ」

そう云うと小さな懐紙《かいし》を渡した。

「既に亥の刻になろうかという頃でした」

お辰と下男は白金《しろがね》十丁目から六軒茶屋《ろっけんぢゃや》を進んだ。

もちろん、通りに人影はなかった。

権之助坂《ごんのすけざか》を右手に見ながら、大圓寺《だいえんじ》と上覚寺《じょうかくじ》の間を抜け、太鼓橋《たいこばし》を渡ると岩屋弁《いわやべん》天《てん》が見えてきた。目黒不動はもう目と鼻の先だった。

その後、無事参詣を済ませると、ふたりはいま来た道を戻ったのだが、太鼓橋手前、両側に田圃《たんぼ》が拡がる場所に差し掛かった時。突然、お辰は背後から抱き締められた。

下男が伸《の》しかかってきていたのである。

「何をしやる！」

「楓様のお云いつけじゃ。ぬしを犯せと！」

それを耳にしたお辰の全身の力が抜けた。

お辰が屋敷に戻ったのは明け六つになろうかという頃であった。

誰にも言わなかった。

次の日も、お辰は何喰《く》わぬ顔で勤め上げた。

あの下男の顔は見えず、どこかに逐電《ちくでん》したものと思われた。


「それからふた月ほどして、子ができたのがわかったのでございます」

お辰は処女だった。

「産むつもりでした。どちらにせよわたしは夫は諦めておりましたし、まさか子が産めるとは思ってもいませんでした」

妙な話だが、お辰は嬉《うれ》しかった。

我が子ならば他人のように無闇にこの顔を憎むこともないように思われた。

またそのように必ず育ててみせるとの強い意志も生まれていた。

「わたしはなるべく人にはわからぬようにしておりました。腹に子ができるということは、女を臆病にも大胆にもさせるものでございます。わたしは悟られることでまたぞろ苛《さいな》まれ、それだけでなく、子に害の及ぶのを恐れたのだと思います」

お辰は楓の虐めにも耐え続けた。

そんなある日、お辰は朝から足下がふらつくのをどうすることもできなかった。

既に腹は目立ち始めていた。

昼を過ぎてから楓が呼びつけた。

部屋に行くと軀を揉めと云われた。

お辰は云われるがままに揉み始めた。

「のう、どうしてわたしがおまえを嫌うか知りたくはないかえ」

お辰は黙っていた。

「それはおまえがわたしの姉に瓜ふたつだからじゃ。姉は幼い頃に疱瘡にかかり、丁度おまえのような面相になったのじゃが、それをちっとも苦にもせん。そこいらの子供と同じように暮らしていたのじゃ。わたしにはそれが憎くて憎くて。なぜ、こいつはこんな面相で生きていられるのじゃ。なぜ狂うてしまわんのかと……そればかり考えていたわ。しかも、醜いということは得での。わたしがしても親は褒めんが、姉がすると大層褒め腐りよる。不公平じゃ。醜い者は醜いようにしておればええのじゃ」

お辰は何も語らなかった。

「姉は十四で死んだ。わたしが呪い殺してやったんじゃ。なあ、おまえ」

楓は振り返った。豊満な胸が襦袢の白のなかで波打つのが見えた。

「おまえは神仏に願《ねご》うたことが何か叶《かの》うたことがあるかい？　己の醜い顔が治りますようにとか、化け物顔を好いてくれる物好きな男が現れますようにとか……」

「いいえ」

「あれだけ多くの人間がそれぞれの願いをもち寄るんじゃ、神様の方でも誰が誰やらわからん。故に当たり前に願っても無駄じゃ……願う時はの」

楓は突然、お辰の髪を引き抜いた。

「これをしっかりと銭に結んで賽銭箱に放ることじゃ。そうすれば銭に込めた願いとその投げた主がしっかりと神仏に伝わろう。これはわたしの家に代々伝わる呪法のひとつじゃ。おまえも死にたくても死に切れぬ時には神仏に殺してくれと頼むがええ。その時にはこのことを忘れるなよ」

その二日後、お辰は子を流す。

階段から不意に蹴落とされたのだ。

落下する直前、お辰は視界に楓の着物を見た。

お辰は回転しながら落ち、その途中、階段の踏み板が何度も腹を抉《えぐ》った。

痛みもすっかり引いた夕暮れ、井戸端で子は脚を伝わって出て行った。

母に痛みを与えぬよう、そーっと落ちたのだという。

お辰は井戸の周りを洗い清めながら人知れず泣いた。


翌日、お辰は初めて三日間の暇を貰《もら》った。

「暇から戻って七日目だったと思うのです」

深夜、突然、楓の寝所から悲鳴があがった。

駆けつけると、楓は髪を振り乱し、頭が熱い熱いと喚《わめ》いている。

何人かが取り押さえ、髪に何かがいやしまいかと梳《くしけず》ると『ああ、それがよいよい』と大人しくなる。

しかし、櫛《くし》の手を止めると途端に暴れ出すので手に負えない。

仕方なく女数人で周りを取り囲み、楓の気が落ち着くまで髪を梳《す》くことにした。

すーっすーっと櫛が毛を擦る音と楓の呼吸だけが続いていたが、突然、女のひとりが、あっと叫んだ。

見ると髪が寝所の襖《ふすま》に到達しようとしている。

「楓様の髪はひと櫛ごとに伸びていたのでございます」

それに気づいた他の女も我が手元を認め、蒼醒《あおざ》めた。

しかし、櫛を止めると楓は狂乱した。

「頭が燃えると、それはそれは恐ろしい顔でお叫びになられるのでございます」

女たちはあまりの怖ろしさに一心不乱に黙々と櫛を動かした。

みな、朝になり医師の駆けつけるのを待ちわび、それだけを頼みに梳っていたのである。

ずこ。

妙な音がした。

見ると楓の様子がおかしい。

肌が皺《しわぐ》み、肉が削いだように薄くなっていた。

しかし、櫛を止めれば嗄《しわが》れ声で彼女たちを罵《ののし》った。

「えい、儘《まま》よ！」

女たちは髪の伸びるのもかまわず、腕を動かし続けた。


「しかし、女たちはいつのまにやら全員、寝入ってしまっていたのです」

気がつくと寝所は楓の髪で埋め尽くされ、残っているのは自分たちが座っている場所だけになっていた。

既に楓は己の髪のなかに埋没しており、見えなくなっていた。

女たちは部屋の有様に大層驚きながらも、楓を髪のなかから探し出そうとした。

しかし、髪の根本にあったのは枯木のようになって干涸《ひか》らびた骸《むくろ》だけだった。

屋敷では忌《い》むべきことであると、この件に関しては完全な箝口令《かんこうれい》を敷き、それを徹底させたという。

「私は楓様に告げられたとおりに致しました。目黒不動に赴き、彼女を惨死せしめよと、髪を巻いた賽銭を入れたのでございます」

お辰は奥州《おうしゅう》へ行くつもりだと告げた。

「尼になろうと思います。人を呪いましたので……」

胸には児《こ》の遺骸を入れた小箱が携えられていた。

味《み》噌《そ》たろう

出雲《いずも》の村での話。たろうという足りない男がいた。下穿《したば》きも着けずに歩き回るので大事なものが覗《のぞ》いている。だから村ではたろうと呼ぶ者《の》もいるが、ぶらぶらさんと呼ぶ者《の》もいる。形《なり》は成人した大男だが乱暴なことはない。性質は穏やかで悪童に枝で叩かれ、欅《けやき》の下でベソを掻《か》いている姿を見られてもいる。歳は誰もしらない。

田植えや刈り入れの農繁期には赤子の頭ほどもある握り飯を十も喰《く》わせれば朝の暗い内から夜半まで、ブッ倒れるまで働くので男手の少ない家では重宝がられた。

家は村はずれにあったが、たったひとりの肉親である老母が身罷《みまか》ると忽《たちま》ち、廃屋となった。たろうは村の馬小屋、農具小屋、神社の縁の下、どこでも軀《からだ》が入れば寝られた。

村ではみんなでたろうを養っていた。たろうは言葉が不自由だ。何を聞いても吃《ども》ってしまう。但《ただ》し、これについて、たろうは一家言《いっかげん》ある。たろうは瀬戸物の鳩笛《はとぶえ》を吹くのが大好きだった。

〈は、鳩の、ま、真似をし、していたら、こうなったんだ〉

たろうは烏《からす》でも山鳩でも鳶《とんび》でも空を飛ぶものは全て〈鳩〉と云《い》った。

そんなたろうがある時、木から落ちた。運悪く、落ちたところに尖った松の根が突き出していた。血塗《ちまみ》れになっているたろうを見つけたのは寺男だった。戸板で村医者の元に運び込まれたたろうは、処置が的確だったのが幸いしたのか、それとも早い手当てが良かったのか一命は取り留めた。しかし、たろうの頭には堅い根で抉《えぐ》られた穴がぽっかりと開いてしまった。医者は薬を染みこませた綿を詰め込むと味噌壺《つぼ》の蓋で閉じ、終わりとした。

包帯で頭をぐるぐる巻きにしたたろうはボーッと畔《あぜ》や橋の上、山裾で佇《たたず》む事が多くなった。もともと薄い男ではあったので、村では命あっての物種だと変わりなく飯を与え、できる世話をできる限りで続けていた。三月《みつき》も経《た》つとたろうは包帯を取り剝《は》ぐり、頭の味噌壺の蓋を紐で留めて歩き回るようになったので子供達は〈みそたろう〉と囃《はや》した。

そのたろうが、ある日を境に豹変《ひょうへん》した。五平《ごへい》と利介《りすけ》の田である。珍しく熱心に農作業を見つめるたろうに利介の嬶《かかあ》が〈なにかほしいのか〉と訊《たず》ねると、たろうは田の一点を指《さ》し〈蝮《まむし》の巣がある〉と云った。今まで何もなかった所に突然、蝮が巣を張るわけがねえとみな嗤《わら》った。しかも田に巣を張る蝮なぞ誰も聞いたことがなかったのである。が、翌日、利介の幼い娘が飼っている猫を畔で遊ばせていると、ビョッと音を立てて猫が消えてしまった。泣きじゃくる我が子の話に利介と五平が辺りを探ると畔の持ち上がりに穴がある。鍬《くわ》を叩き込むと鰻《うなぎ》のようにわらわらと蝮が溢《あふ》れ出してきた。この話で村は持ちきりとなった。聞けば、たろうの〈御先触《おさきぶれ》〉はふたりの田が初めてではなかったようで、村の者が口々に〈おらもだ〉と話し出した。また、たろうは以前の〈吃《ども》りのたろう〉ではなくなっており、口振りも一端《いっぱし》の学者や神官のようであった。更に村人を仰天させたのは住職と説法合戦をした際、たろうが論破《ろんぱ》してしまったことである。常日頃、仏の弟子を標榜していた和尚《おしょう》は口から泡を吹いて卒倒した。文字通り、たろうは人が変わってしまったのである。

〈きっと根が刺さったとき、松の木の神さまがあれに宿っただ〉〈頭に詰まっていた悪い物《モン》が穴から外に逃げ出したんだべ〉

村の者はたろうに田植えの時期、病害虫の駆除の仕方、家内の吉凶、家畜の善し悪しなど次々に相談するようになり、たろうは見事にそれらに応えた。また橋の修繕なども指示するに至っては、まるで村長代《むらおさ》わりであった。村人は次から次へと指図するたろうを畏《おそ》れるようになった。そして遂《つい》にたろうは嫁が欲しいと云いだした。自分は村に必要であり、村に住む以上は身の回りの世話をする妻が必要であると云うのである。頭が聡明であり、立派な成人であれば当たり前のことであった。たろうは村外れに住むひとりの娘を指名した。その娘は昔、たろうが腹が減って動けなくなったり、泣いていたりするのを見ると必ず優しく慰めてくれた女だった。娘は醜かった。誰もが異存なかろうと思った。が、娘は激しく拒絶した。以前のたろうのほうが良いと云うのである。なにを莫迦《ばか》な、と強引に近づくたろうの面《つら》を娘は撲《ぶ》った。と、その途端、頭の味噌壺の蓋が外れ、中から一枚の紙がぽろりと転《まろ》び、床に落ちた。

みなが啞然《あぜん》とする中、白目を剝《む》いたたろうが巨体を揺らし、どうっと倒れた。

たろうは元に戻った。厭《いや》、日がな一日、空を眺め、川を見つめる様からは痴愚は、より増したように思えた。しかし以前とひとつだけ違うのは、その傍《かたわ》らにあの娘が常に寄り添うようになったことである。たろうの〈頭の穴〉へ紙を入れたのは娘だった。ある日、木の根元で呆けたように寝入るたろうを不憫に思った娘は味噌壺の蓋を開け、住職から貰《もら》った〈般若心経〉の書き付けをしまったのである。少しでも機知が付けばとの淡い願いであった。

それを聞いた村の者が再度、経を頭の穴に詰めてもみたが、たろうの痴愚は以降、びくともしなかったという。

娘とたろうはやがてふたりの子を生《な》した。子は父と違い大変、利発な童《わらわ》になったという。

ぎこ回し

綾瀬《あやせ》村《むら》に長太《ちょうた》というもの在り。

性格、温和にして頑健。

しかし、魯鈍《ろどん》故、近郷の悪しき者から騙され、弄《ろう》されること屢々《しばしば》であった。

ある時、長太が亡父の遺した微々たる竹藪《たけやぶ》の下草刈りを終え、母の待つ家に戻ろうと山道を下りていると、何やら呻《うめ》き声《ごえ》がする。

長太は耳を澄ませた。

獣のような、人のような。まことあやかしげな声だったという。

日は既に暮れかかり、普通であれば家路を急ぐが吉と思われたが、長太は背負子《しょいこ》を置くと声のする斜面に取りつき、そのまま、えっちらおっちらと登り始めた。

声は斜面のなかほどで大きくなった。

「だれじゃ？」

長太が訊《たず》ねるも返事はない。ただただ低く呻く声ばかり。

いよいよ日は暮れ、辺りは暗くなる。さすがの長太も声に気を残しつつも、斜面を下ると家に戻った。


その夜のことである。長太は枕辺に猿様《さるよう》の聖《ひじり》が立つのを見た。

〈数百年前の山津波により頂《いただき》より落《らく》し以後、助力を得んと信を発するに皆、此《これ》を聞かず。今日、汝《なんじ》のみ聞かす。我を頂へと運び置くべし、益少なからず……〉

翌朝、長太は夢見の不思議を老母に話した。

すると母は、それは近郷に伝わる猿神伝説の主《ぬし》に違いない、直《ただ》ちに昨日の場所へと戻り、助力すべしと言いつけた。

長太は再び山の斜面を登り、昨日の声のした辺りを探してみた。

すると、草鞋《わらじ》の裏にこつりと硬きものが当たった。

みれば、土の間から覗《のぞ》く白き賽子《さいころ》のようなもの。

長太はその場を掘ってみた。

すると賽子と見えたものは、掘れば掘るほどその身大きく、全てを掘り出すと既に日は傾きかけていた。

石仏であった。

それも長太の胸元の高さまである立派なものであった。

「おおきいな……」

既に汗みずくとなっていた長太は、横たえた石仏に腰かけながら溜息をついた。

夢見では、此を山頂まで運ばなければならなかった。

「どうすべえ」

考えることはない。長太は立ち上がると石仏に手をかけた。


その夜、長太が家に戻ったのは月が中天にかかった頃、気を揉みながら戸口に立っていた老母は、息子の姿を見るなり駆け寄った。

母の作った雑炊を鍋ごと食べ切った長太は、以後二日こんこんと眠った。

三日後、目覚めた長太が再び山に行くと、今度は背負子に溢《あふ》れんばかりの筍《たけのこ》を採ってきたという。

季節外れの筍に、母は目を丸くしながらも大喜びをした。

長太はそれからも度々季節を外れた果物を手にして戻り、町場や商家へ行商に出るようになった。

当然、長太のもち込むものは珍しく、また美味だと重宝された。が、その噂《うわさ》を聞きつけた村の悪たれ、いつも自分が莫迦《ばか》にしてきた者が褒《ほ》めそやされるのが面白くない。

ある日、長太が村の端《はな》に戻るところを摑《つか》まえた。

「おめえ、最近妙じゃの」

「そ、そうかの……」

「噂じゃ、珍しいもんをわんさと狩っては運んでいるらしいじゃねえか。さては盗んだな」

長太は虚を衝かれたように目を丸くすると首を振った。

「と、とんでもねえ」

「じゃあ、どうしただ？　筍に柿に山女《あけび》にと、そう山にいつでもあるもんじゃねえはずだ」

途方にくれたようにがっくりと肩を落とすと、長太は黙り込んでしまった。

「おい！」

いきなりの怒声に、根が童《わらわ》と変わらぬ長太はぽろぽろと涙をこぼした。

「いいか、俺が畏《おそ》れながらと番屋に訴えてでりゃ、おまえなんぞ、明日の朝にはお仕置きだ」

仕置きという言葉に長太はますます震え上がった。

「いやじゃ、いやじゃ」

「なら教えな。どうやって手に入れたんだ」

長太はしぶしぶ懐《ふところ》から小さな臼《うす》を取り出した。

「なんじゃや、こりゃ」

「こ、これはぎこじゃ。ぎこを回すと辺りの実が熟し、筍が芽を出す。儂《わし》はそれを拾うんじゃ」

長太は掌《てのひら》に収まってしまうほどの、小さな臼の把手《とって》を回すふりをした。

「ふーん。これを回すのか。ちょっと貸してみな」

男は長太の手から引ったくるように臼を取り上げると、ためつすがめつした。

になった。

「ゆっくり回すんだ。ゆっくりでないといかん。と、とくに竹藪ではゆっくり」

長太は誘われるように男の後をついていきながら、ぎこの禁忌を伝えようと必死になった。

男はふと林で立ち止まると、臼を回した。

ぎこぎこと臼が音をたてると、きゅるきゅると鳴りつつ周囲の樹木が実を膨らませ、たわわに実らせた。

「おお、これはすごい」

男はさらに臼を回した。すると熟れすぎた果実が腐り落ち始めた。

「あ、いかん！　回しすぎたらいかん」

臼を取り返そうと長太が駆け寄ると、男が腰付けの鎌を一閃《いっせん》させた。

「はぐっ」

鎌が、長太の太股《ふともも》に食い込んでいた。

男は知らん顔でそばの柿を取ると、ひと口囓《かじ》って捨てた。

「ちょっと貸せ」

男はそのまま脇道から山へと上がり始めてしまった。

「酸っぱいわ」

長太の太股から鎌を抜くと、男は更に奥の竹藪へと向かった。

「なあ長太、おまえは頭がたらん。こんな便利なものをもって筍なんぞ採ってどうする。ここらの竹は孟宗竹《もうそうちく》よ。銭にはなるが、育ちがぬるい。これらを一気に育てて売れば、京や大坂から商人が採《も》み手で買いにくるわい」

男は竹藪の中央に立つと臼を猛烈な勢いで回し始めた。

「あ、いかん！」

長太は男に取りつき、回すのを止《や》めさせようとしたが、太股の傷のせいで力が入らない。

「のけ！」

男は叫ぶと同時に、長太の傷口を蹴り上げた。

長太はそのまま斜面を転がると、竹藪から山道へと転がり落ちてしまった。

気がつくと辺りは静まり返っていた。

長太はよろよろと立ち上がり、男のいた竹藪へと這《は》い上《あ》がり始めた。

果たしてそこには、男の腕のように太ぶとしい竹が群生していた。

長太の知っているのどかな竹藪は跡形もなく消え失せていた。

「なんと……」

長太は男の立っていた辺りを見たが、姿はない。

臼が落ちてはいないだろうかと屈んでいると、頬に雨が落ちてきた。

血だった。

見上げると遥か頭上に男がいた。

月光のなか、一気に育ち上がった孟宗竹に軀《からだ》を貫かれ、百舌《もず》の速贄《はやにえ》のようにぶら下がっていた。

「ぐぅ」

長太は喉の奥で低く呻くとその場から逃げ帰った。

臼の行方はわからない。

小塚原《こづかっぱら》

「吞《の》んだ勢いってえのは怖いもんで」

千住《せんじゅ》は善光寺《ぜんこうじ》前町《まえ》の長屋に住む鳶《とび》の梅吉《うめきち》は、いまもその話をすると蒼醒《あおざ》める。

「その日は夕方っから、あっしと常吉《つねきち》と留吉《とめきち》の三人で、近くの居酒屋で吞んでました」

何がきっかけだったのか。

突然、常吉が小塚原で獄門になっている女の話を始めた。

「いい女らしいぜ。なんでも坊主に懸想《けそう》したため、坊主ともども獄門になったって話だが、どうも俺には解《げ》せねえ」

「そうだよ。女犯《にょぼん》ぐらいじゃ死罪にはなりっこねぇ。寺法に照らしても、せいぜいが島流しだろう」

「おうよ、だから俺はこの女がよっぽどの毒婦と見てるんだ。他にも男をたぶらかし、そのお陰でいろんな恨みが凝《こ》り固まって、今回のお仕置きになったんだと思うんだ」

「へぇ」

全くの初耳だった梅吉は、ただ頷《うなず》くしかなかったという。

時刻は九つになろうかという頃、常吉が突然、「行くか」と云い出した。

「行くかって……どこへ？」

「当たり前よ。稀代の毒婦様にお目もじ致しますのよ」

留吉の問いに、常吉は仰々しく返事をした。

「だってあそこは夜は閉まってるぜ」

「莫迦《ばか》野郎！　俺たちの仕事はなんだ？　蔦だろう。蔦があんな竹矢来《たけやらい》ひとつ破れねえでどうすんだよ」

そういう常吉は、ぱっぱと猪口《ちょこ》の中身を呷《あお》ると腰を浮かせた。

「行くぜ！」

兄貴分の常吉は、ふたりを追い立てるようにして店を出た。

千住小塚原の刑場は回向院《えこういん》の南に広がる平原であった。

三人は徐々に民家が無くなり、田圃《たんぼ》ばかりとなった道を急いだ。

やがて空が広くなり、黒々とした刑場が目の前に現れたという。

「もう薄っ気味が悪いったらねえんで」

夜だというのに時折、烏《からす》の声がし、空を黒い物が滑空していった。

満月が中天にあり、周囲をぼーっと浮かび上がらせている。

三人は竹矢来の破れ目を見つけると、なかに入った。

すると、すぐに馬の死体が目に飛び込んできたという。

「薄暗がりのなか、いきなり歯を剝き出《むきだ》している大きな顔がでーんとあるんですからね、本当に酔いなんかもう一遍に吹っ飛んじまいました」

草原のなかには、いままで処刑されてきた人々の罪状を記した高札がいくつも打ち捨てられていた。

「ひぇ」

突然、留吉が叫んで身を震わせた。

「見ると、奴の足下に男らしい死体が半分埋まってたんです。留の野郎、知らずに踏んづけちまったらしく……」

もう半分べそを掻《か》いているような有様だった。

「うるせえな。もうちょっとしゃきっとしねえ！　おまえら鳶秀《とびひで》の若衆だろう。組の名を汚すんじゃねえ」

「そんなこといったってぇ」

常吉は留吉を摑《つか》まえ。

「いいか、あんまり無様な真似すると、手足縛り上げてこのなかに捨ててくぞ」

と、脅した。

すると留吉は首をぶるぶる振ったという。

「よく見るとあちこちに人間の死体が転がってやした。半分腐ったたか、烏に食われたか知りませんが、骨が緑色に苔《こけ》ていたり、土で汚れてるんでわからないだけで、たぶん、そこに行くまでにも、だいぶ踏んだんじゃねえかなと自分でも思ってるんです」

やがて三人はさらし台の前に立った。

載っているのは噂《うわさ》どおり、若い男女の生首であった。

「まださらして間が無かったのか、眠っているように見えましたね」

風が周囲の草を撫《な》でていった。

「かわいそうになぁ」

留吉がまだ娘といっても良いぐらいの女に向かい、ぽつりと呟《つぶや》いた。

「ほんと、いい女だぜ」

常吉もそれに倣《なら》った。

と、突然、何を思ったのか常吉は薄く歯が覗《のぞ》く女の唇に顔を寄せ、接吻《せっぷん》をした。

「常！　おまえ、なに！」

梅吉がたしなめると。

「なんだよ、こんだけいい女だ。口吸いして何が悪い」

と、開き直った。

その目が据わっていた。

「とにかく、こんな気味の悪いところ、もう行こうや」

留吉は両腕で軀《からだ》を抱いて震えた。

「で、それからまた三人で歩いて。一番近い、常吉の長屋に転がり込んだんです」

三人は薄い煎餅《せんべい》蒲団の上で雑魚寝《ざこね》をしたという。

「目を閉じると、あの原っぱが浮かんできやしてねぇ」

なかなか寝つけなかった。

しかし、輾転反側《てんてんはんそく》、何度かくり返しているうちに気が遠くなっていった。


「うひゃぁ！」

出し抜けに耳元で怒鳴られ、梅吉は飛び起きた。

が、まだ辺りは暗かった。

見れば留吉が口を開き、がたがた震えている。

「この野郎、何を寝惚けてやがるんだ！」

同じく飛び起きた常吉が、拳固《げんこ》のひとつでもくれてやろうと腕を振り上げた途端、あっと叫び、顔色を変えた。

首が置いてあった。

丁度、彼らの枕元からほど遠くない距離にそれはあった。

「な、なんだって、こんなとこにあんだよ」

「し、しらねえよ！」

常吉と留吉がいい合うのを、梅吉はぼんやりと聞いていた。

首はさきほど見た時より少し瞼《まぶた》が開いているように思えた。

髪が海草のように畳に拡がり、ちょっと見には畳から顔を出しているようにも思えなくはなかった。

但し、既に臭いはした。

外では感じられなかったが、確実にそれは生者と死者を隔絶させる臭いだった。

「ど、どうするよ」

留吉が首を指差して訊《き》いた。

「莫迦！　このままここに置いておけるはずがねえだろう。こっちまで首が無くなっちまわぁ」

常吉が叫び、そして付け加えた。

「もとに戻すしかねぇ」

「げぇ、俺はごめんだぜ」

「莫迦野郎！　みんなで行くに決まってるじゃねえか。それとも何か？　おまえの長屋に投げ込んでやろうか？　俺はそれでもちっともかまわねえんだぜぃ！」

「わかったわかった！　わかったよぉ」

常吉と留吉は、勝手にみなで返しに行くことで話を決めていた。


「で、常が用意した風呂敷に包んで、また戻ったんですがね。今度はもう行きたくないって気持ちがあるし、さっきのように酒が入ってるわけじゃねえから」

本当に薄気味の悪い散歩になってしまったのだという。

「で、さらし首ってのはあれじゃねえですか。ただ置いてある訳じゃなくて、さらし台に突き出した五寸釘に刺し込んであるわけですよ。じゃあ、誰がまた女の頭をもってぶっ刺すんだって、また揉めて。結局、じゃいけんで負けた、あっしの役目になっちまったんでさぁ」

梅吉は生まれて初めて他人の首というものをもったのだが、それがあんなに重い物だとは思わなかったという。

「本当に中身の詰まった西瓜《すいか》そっくりの重さでしたよ」

梅吉は外れたことがわからないように、なるべく前回の穴と合わせて釘の上に首を置いた。ぐっと押し込むと、首のなかへぐずぐずと釘が刺し込まれる感触が中身を通して伝わってきた。

瞼が開きかけていたので閉じようとしたが、できなかった。

「こいつ、成仏してるのかなぁ」

留吉が余計な口を利き、常吉に。

「莫迦野郎！　さらし首がどうして成仏してるんだよ。まだその辺りにうろうろいらぁ」

と、その瞬間、三人の足下から烏が一斉に飛び立ったものだから、たまらない。

全員で逃げるようにして駆け出したという。


「で、また常吉の長屋に戻ると寝たんです。もう芯からへとへとでした」


「げぇぇぇ」

うとうとしかけた先で、また大声があがった。

見ると留吉がまた震えている。

「でもね、その時はあっしも目を疑いました」

首があった。

枕元のそば、最前にあった場所に。

「な、なんなんだよ……こいつ」

留吉は完全に声が裏返っていた。

梅吉は、今度は完全に娘の目が開いているのを見た。

「で、仕方なくまた常吉の風呂敷に包むと、あっしたちは首を返しに行ったんです」

「此《これ》は絶対ぇに娘の祟《たた》りだぜ」

留吉は胡瓜《きゆうり》の中身のような顔色をますます蒼くさせて呟いた。

「うるせえな。祟るなら祟ってみろっていうんだよ」

常吉も強がっては見せたが、完全に声が震えていた。

「で、また誰が刺すかってことになりまして、じゃいけんして。またまたあっしが負けました」

帰り道ではもう誰も口を利く気力さえなくしていた。

三人はまた常吉の長屋に戻った。

「今度はこうして心張り棒をくれてやるから、絶対《ぜってえ》に大丈夫だ。これで入って来られるものじゃねえ」

常吉が入口障子をがたつかせ、開かないのを確認すると戻ってきた。

三人は再び、横になったという。

「ぐぅっぷ」

鼾がすーっと眠りの里へ引き込まれようかという頃合いで、また耳元で留吉の妙な声がした。

「なんだよ……留」

梅吉が身を起こすと、既に他のふたりは正座していた。

首があった。

しかも、今度は目も口もぽっかりと開いていた。

「まるであっしたちを笑ってるようで、もうそれを見ただけでゾーッとしちまって」

今度は誰も口をまともには利かなかった。

常吉の風呂敷に包むと無言で、三人は立ち上がった。

心張り棒はきちんと、かかっていた。

そして、三度《みたび》じゃいけんで梅吉は負け、首を釘に刺し込んだ。

留吉はふらふら揺れて、いまにも倒れてしまいそうだった。

「で、帰る途中で空が明るくなってきやがったので、あっしたちは常の長屋に戻るのをようやく止《や》めて、てめえの長屋に帰ることにしたんです」

自分の煎餅蒲団に戻り込んだ梅吉に、妙な夢を見た。

それは、小塚原へ女の首を戻して常吉の長屋へ戻る自分たちの姿だったという。

「暗い道を、大の男が身を寄せ合うようにして歩ってるんで、みっともないったらねえんですが……」

それ以外にも変なことがあったという。

常吉が何かを背負っているように見えた。

「最初は影になってたんですが、そのうちに……」

それは女の首だった。

首が常吉の着物に食らいついているのである。

「あっしはハッとして目を覚ましました。咄嗟《とっさ》に自分の着物も見てみたんです」

すると、そこにはくっきりと血の歯形が付いていた。

梅吉は生まれて初めて腰を抜かした。

「翌日、あっしら親方の家で会ったんですが」

三人が三人、同じ夢を見、背中に嚙み跡が残されていたという。

「でも一番怖かったのは、あっしらが首を見ていねえと思っていたことなんですよ。三人で話し合ったんですがね。たぶん、あっしたちは帰り道であれ、常吉の長屋であれ、絶対に首が囓《かじ》りついているのを目にしているはずなんです。ところが頭のなかでは、まるっきりそれを見てねえことにしていた。そっちのことのほうが、首がついてきたことより、よっぽど恐ろしいと話し合ったんです」

なぜならば、三人が三人とも、両の手の内側に爪が食い込むほど強く握り締めていたらしく、その痕はくっきりと掌《てのひら》に残っていた。

躯は知っていたのである。

魂《たま》豆腐

武蔵《むさし》の国は川越《かわごえ》にあった寺に毎日、自らが漬けた菜《な》を運んでくる老婆がいた。既に身寄りもなく、ただただ若い僧侶達のためならばと心尽くしのものを手に提げては庫裏《くり》へと顔を見せる。

昵懇《じっこん》の檀家というわけでもなかったが老婆の心根を良しとした住職も好きにさせておいたという。

ある時、若い僧侶がいつものように庫裏に行くと老婆が妙な顔をしていた。どうしたのか――と訊《たず》ねると組板《まないた》の上に丸い豆腐が載っていたので、仕舞い忘れとは珍しいことだと眺めていると、それが動くので益々、これは何ごとかと顔を寄せたところ、いきなり口の中に入り込んだのだという。

勿論《もちろん》、大切な食材を放置するということもないので僧侶は住職の元へ老婆を連れて行き、事の次第を説明させた。

すると住職は呵々大笑《かかたいしょう》し、「御老女、それは庫裏に住まう器物の魂じゃ」と述べた。その後、老婆に変事は起きなかったが、村の者の噂《うわさ》になるほど長寿であったという。

心《しん》魚《ぎょ》

「あっしの親父はね。木曾《きそ》の妻籠《つまご》で水炊き屋をやってましてね。まあ、そこそこ繁盛してたんですよ」

いまは雑司《ぞうし》ヶ谷《や》、大久保《おおくぼ》彦左衛門《ひこざえもん》屋敷脇の町屋に住んでいる平吉《へいきち》は燗酒《かんざけ》に手を伸ばしながら呟《つぶや》いた。

手焙《てあぶ》りでは網にのせた鯣《するめ》がちりちりと音をたて、伸びをするようにゆっくりと形を変えている。

「忙しい両親でしてね。とにかく仕事莫迦《ばか》だったんで、あっしと三つ上の兄貴はいつもほったらかしにされてました」

焼けたと見たのだろう、平吉は鯣をつまみ、熱《あつ》っと云《い》いながら節くれだった指で器用に裂くと、細っこいのを啜《すす》るようにして口に入れた。

そうしておいて猪口《ちょこ》を呷《あお》るのが気に入っているらしい。

鰑の塩っ辛さが燗酒に合うのだろう。

「朝から晩まで、店の前やら裏の街道筋で行き交う者をぼんやり眺めてましたよ。ええ、兄貴は生まれつき、ちょっと頭が弱かったんです」

ふたりは馬子が引く馬車を見ては、荷は何だろうと云い合い、飛脚を見ては一緒に宿場の入口まで駆け競《くら》べをして暮らしていたという。

そんなある日、宿場の片隅に、みすぼらしい行者《ぎょうじゃ》らしき老人が倒れていた。

「普通なら寺や湯治場《とうじば》にでも運ぶんでしょうが、気持ちがねぇ。人の気持ちがささくれてましたからねぇ」

丁度、人目につかない林道脇の草むらに倒れていることを幸いに、誰も老人を助けようとはしなかった。

「勿論《もちろん》、あっしたちは最初っから気になってしょうがなかったんですが」

老人に近づくことを両親にきつく禁止されていた。

「だから別の用事で通りかかるようなふりをして、様子を窺《うかが》いに行きましたよ」

首には大きな木の珠《たま》で作った数珠《じゅず》が見えた。

「元は白かったはずの鈴懸《すずかけ》も脚絆《きゃはん》も、真っ黒というか、何しろどろどろでねぇ」

老人はじっと目を閉じたまま、ゆっくり呼吸をしていたという。

「で、それからまずは兄貴が、次にあっしが行者にこっそり水を飲ませたり、飴《あめ》や餅を持ってってやったんです」

見つかれば大目玉を喰《く》うことは必至だったが、それよりも話が聞きたかった。

「よその国の話。珍しい話。怖い話。なんでも良かった。でもなかでもとりわけ、俺たちは江戸の話が聞きたかったんだ」

しかし、老人は起き上がれるようになっても、一向に口を利きはしなかった。

「もう、がっかりしちまってね」

そんなある日、ふたりが店の掃除をしていると「ごめん」と入ってきた者が在る。

あの老行者であった。

「丁度、おふくろは裏で野菜を洗っているところで、おとうも鶏の買い出しに出ていて、あっしたちしかいなかったんだ」

行者は緊張しているふたりに微笑むと、短く礼を述べた。

そして、金魚鉢はないかと訊《たず》ねてきたという。

平吉が台所の下から去年まで使っていた小振りの鉢を取ってくると、老人はそこへ水を溜めるように言った。

「うぬら甚《はなは》だ善行。その恩義に報いせむ」

平吉の兄が水を張った金魚鉢を机に置く。

すると行者は立ち上がり、両手で印を結ぶと何ごとかを唱え始めた。

「そしたらいままで平らだった水面が、だんだん渦を巻き始めやがって……」

ふたりは仰天した。

くわっくわっ！

老人は叫び、口の中から何かを吐き出した。

「確かにそれは行者の口から出たんですよ。そしてね、ぽちゃりと金魚鉢の中におっこったんです。飛沫《しぶき》がちゃんとあがりましたからね」

しかし、水の中には何もいなかった。

ふたりは狐につままれたような気でいた。

行者はそんなふたりの気持ちを読んでいたのか、鉢の上で両の掌《てのひら》を合わせると、「むん」というかけ声と共に力を込めた。

するど何もなかったはずの鉢のなかに、赤い金魚が一匹、姿を現した。

「こう……なんとも尾の房の大きな、色鮮やかな金魚でしたよ」

行者がふっと合わせた手を離すと、再び魚の姿は見えなくなってしまった。

呆気に取られているふたりに、行者は微笑んだ。

「此《これ》は心魚いうてな、仙人のおもちゃや。坊《ぼん》たちはおっちゃんによくしてくれよったさかいにやるわ。この鉢越しに見たいと思う相手を覗《のぞ》くんや。するとその者の本当の心の姿が見えるわ」

ありがとう……。

驚きすぎて腹に力の入らぬふたりは、聞こえるか聞こえまいかの声で呟いた。

「ほなの」

老人はふたりの頭にぽんぽんと触れ、手を上げて出て行った。

「あ！」

ちゃんと挨拶《あいさつ》しなければ……平吉と兄があとを追って出ると、既に老人の姿はどこにも見えなくなっていた。

「目と鼻の先にいるはずなのに、ですぜ？」

ずっと猪口を吸った平吉の目が赤く潤んできた。

「それからいろんな人を見やしたよ。前の瀬戸物屋の親父、出入りの百姓、芸者……なんでもかんでもね」

するとその顔が鼬《いたち》だったり、蜻蛉《とんぼ》だったり、狸《たぬき》だったりするのだという。

「いつもは澄ました旅籠《はたご》の女将《おかみ》が大狸だった日にゃ、ほんと腹がよじれるかと思うぐらい笑いました」

ある日、自分たちを見てみようと思い、それぞれが金魚鉢の前に立ち、お互いに見合いっこしたのだという。

「もう兄貴はけらけら笑っちゃって、なんだよって訊《き》くと、あっしは平目だっていうんですよ。ところが兄貴は兄貴のまんまなんです」

自分の見間違いかと何度も確かめたのだが、平吉の兄に変化はなかった。

「欲のない奴でしたから、有りのまんまだったんでしょう。それで変わりがないところがそれを納得しなくてねぇ。絶対に嘘《うそ》をついている、何が見えたんだって怒るんじゃなく、べそかきそうになってるんですよね。それであっしも仕方なく狒狒《ひひ》だって云ってやったら、ようやく納得しましたね。親父は甲虫《かぶとむし》、おふくろは百合《ゆり》でした」

他人から見れば、ふたりは台に置いた水鉢を真ん中に、くるくると回って笑いこけているのだから、奇妙な兄弟だと思ったに違いないと平吉は付け加えた。

「それからふた月ほど経《た》ったでしょうかね。そろそろ終《しま》いだって云ってるところへ客が来たんです」

のっそりと入ってきた男は、あからさまに無宿人の臭いをぷんぷんさせていた。色変わりした三度笠を目深《まぶか》にかぶり、振り分け荷物を肩に掛け、手甲脚絆《てっこうきゃはん》は泥だらけ。既に朝晩は火を入れようかという時分にもかかわらず、黒ずんだ薄い夏物の木綿《もめん》を身に着けていた。

これらは男の旅が物見遊山《ものみゆさん》でないことを語っていた。

「ごめんなすって」

男はどすの利いた声で隅の席に座ると、銚子《ちょうし》を頼んだ。

残っていた客は不穏なものを感じたのか、次々に勘定をして出て行ったという。

「兄貴が最初にやったんですよ」

見ると、兄貴が鉢を男に向けていた。

と、次の瞬間ハッと息をのみ真っ青になった。

「で、あっしもそばに寄って眺めて見たんですよ」

そこに見えたのは血塗《ちまみ》れの戸板だったという。

「おまけに、ざんばら髪で血を流した人間が何人も取りついていたんです」

「なんか面白えもんでも飼ってるのかい？」

不意に男が口を利き、ふたりはゾッとした。

「こっちに来ねえ」

男の手招きに、ふたりは引き寄せられるように近づいた。

近くで見ると、男の頬には深い刀傷があり、それが引きつって唇を歪めていた。

「もうお帰り！」

突然強い声が聞こえ、振り返ると、顔を緊張で強ばらせた母が立っていた。

「あっしたちはそれを合図に寝に帰ったんです」

ふたりはその夜、いろいろと男のことを話し合ったという。

「あいつは人殺しだよって、あっしたちはそう思ったんですよ」

男は近くの旅籠に逗留《とうりゅう》した。

「それからも何度かやってきましたっけねぇ。陰気な野郎で、他の客とは口を利こうともしやがらねえ。ただね、おふくろにだけは馴《な》れ馴れしく話しかけるんですよ」

母は必要最低限しか話をしなかった。

平吉は男の勘の良さに怖れを感じ、鉢を向けようとはしなかったが、兄は違った。

「また付きまといの死人が増えた。今度は女だ、なんていちいち教えに来るんです」

そんな兄がある時、目を真っ赤にしていた。

「どうしたんだって訊くと、物も言わずに、おふくろを見ろって。それであっしも覗いたんです。丁度、あの男が注文した酒を運んでいるところでした」

般若《はんにゃ》がいた。

あの百合の姿はどこにもなく、蒼白の顔に角と牙を生やした鬼の姿だった。

「それから二、三日しておふくろの奴、店にあった金を持って男と逐電《ちくでん》しやがった。それは旅籠の亭主たちで作っている無尽講《むじんこう》のものでね。それをごっそりいかれちまったから親父はたまらない。その晩に詫び状を懐《ふところ》に入れて裏山で首を括《くく》りましたよ。おふくろが帰ってきたのがそれから三日後、戸板に乗せられてたんです。なんでも胸を抉《えぐ》られ街道脇の草むらに蹴り込まれていたのを、たまたま通りかかった馬子が見つけてくれたそうでしてね……」

平吉はそこまで語ると、ほーっと長い溜息をついた。

「店は潰れ、あっしと兄貴はそれぞれ大坂と尾張《おわり》の遠戚に拾われました。あっしは牛馬の扱い。兄貴の方でも五十歩百歩ってとこじゃねえですか？　十四の時に我慢できず逃げ出しまして、以来、江戸から出るもんじゃありやせん……。え？　鉢ですか？　ええ」

鉢は両親の弔いが済み、ふたりが親戚に連れられて別々になるという朝、兄が土間に叩きつけて割ってしまったという。

「あれが思い出に残っている兄ぃの最後の姿になっちまいましたねぇ」

そこまでいうと、平吉は手焙りの灰が入ったかのように親指で目頭を擦りたて、へっへっと乾いた声で笑った。

尿童《いばりわら》

日本橋《にほんばし》の材木問屋、吉田屋《よしだ》の手代《てだい》が大坂からの帰路、金谷宿《かなやしゅく》で大井川《おおいがわ》の川留めに出くわした。僅かでも路銀を浮かそうと宿の主人に願い出て、仮屋に泊まることにした。仮屋とは川留めで宿が満員になった際に客を引き受ける民家のことである。案内された仮屋は宿場から離れた畑の端にぽつんと立っていた。

〈やれやれ困ったな〉

手代は農具小屋かと見紛《みまご》うほど粗末な有様に後悔した。宿屋の主人がなかに声を掛ける。顔を出した百姓を見て手代は息を呑《の》んだ——鼻がなかったのである。

「はいりなせえ」男は陰鬱な声を出したが、鼻が欠けているせいか息が漏れ、さほど怖い感じではなかった。

宿の主人は挨拶《あいさつ》もそこそこに戻って行った。

「すまないねえ。すっかり降りこめられちまってさ。あたしは……」と挨拶するのを遮《さえぎ》り、主《あるじ》が云《い》った。

「見たとおりの荒《あば》ら家《や》だ。ろくな世話はできんが」薄汚れた野良着に身を包んだ主の声には何か人を圧するようなところがあった。

「かまわないよ。食事は済ませたし。土間の隅にでも置かせて貰《もら》えりゃ、結構さ」

主は振り向きもせず「土間というわけにはいかない。木っ端だが火は夜通し焚《た》いている。当たりなせえ」と囲炉裏《いろり》を指《さ》した。

濡れ鼠《ねずみ》であった手代は有り難く、その端に腰を据えた。屋内には客はおろか家人も居ない様子だった。手代は正座を軽く崩した姿勢のまま、ゆるゆると震え蠢《うごめ》く小火を眺め、篠つく雨の音に耳を傾けていた。主は板に載せた藁束《わらたば》を木槌で叩き、のしては編みやすい形に整えていた——主は黙っていた。

刻が過ぎた。

干した柿の葉を煮出したのだという味のしない湯を啜《すす》っていると突然、女の悲鳴がした。ゾッとして腰を浮かし掛けると主が板戸をこじ開けるようにして隣の間へ消えた。

なにやら宥《なだ》める声がした。鼻が落ちているということは花柳病かとも思えたが、吉原《なか》で見聞したものとは違っていた。梅毒ならば膿み崩れるはずだが、主のは皮ごと毟《むし》り取られているようにも見える。

手代は嘆息し、懐《ふところ》に忍ばせておいた干し芋を囓《かじ》った。ふと顔を上げると主が囲炉裏の向こうに立っていた。その目が凝《じ》っと自分の手元を睨《にら》んでいる。これはとんだところを……などと干し芋を仕舞いながら口ごもってみたが主は無言で元の場所に座ると藁仕事の続きを始めた。暫《しばら》くごとんごとんと音が続いたが、不意に独り言のように主が口を開いた。

「昔、奉公に上がっていた武家の屋敷に年頃の娘が居た。器量も良くて、心根も優しい……だが子供の頃の怪我《けが》が因《もと》で目が不自由だった」

手代は黙って頷《うなず》き、耳を傾けた。

娘の父である侍は折に触れ、治療法がないかと探し回ったが無駄だった。が、ある時、城勤めの同輩から妙な噂《うわさ》を聞いた。よく使っていた按摩《あんま》が稲荷《いなり》売りをしていたというのである。聞けば町外れの橋の下に乞食の父子が棲んでいるのだが、その倅《せがれ》の尿《いばり》で顔を濯《すす》いだところ生まれてこの方、見えたことのない目が治ったというのである。

「そんな莫迦《ばか》なと半信半疑だったが、藁にもすがる思いの主は血眼になって父子を探し回り、遂《つい》にそれを発見した」

いきなり現れた侍の問いに父は動顛《どうてん》し、当初は首を横に振っていたがあまりの剣幕に挫《くじ》けたものか遂に白状した。

「父子はそれまでの多くを山谷で暮らし、知らず知らずのうちに妙薬仙薬の元となるものを口にしていたのかもしれぬと云《い》った。そして幼き倅の身のうちにもそれらが積もり積もって奇薬と成さしめたのかもしれぬと……」

侍は娘の目に快癒の兆あらば相応の報酬を払うと堅く約し、その場から父子を自らの宅内に移し留め置いたのである。

遂に娘を治せる――侍は内心、狂喜した。

それから七日が過ぎ、いよいよ人払いが為された居間の中央に夜具が敷かれた。

女中に案内された娘が横たえられる。

「よいな。決して動くでないぞ。全てはおまえの目を明かす為の工夫なのだ」

「あい」

女中が下がり、入れ替わりに件《くだん》の父子が現れる。下穿《したば》きを外された倅の腹は水をたらふく与えられた為に大きく膨らんでいた。倅が娘の頭を跨《また》ぐように立ち、その腰を正座した父が背後から抱くように支えた。

夜は充分に更けていた。

「よいか」

「へい」

父は頷いた。

倅は垢染みた朝顔の蕾を二つの指で摘《つ》まみあげ、その先の蒲団に寝る娘の顔に向けた。

「遠慮せず、思い切り放《はな》て」

娘の足元に座した侍が呟《つぶや》く。

倅の腹が蝦蟇《がま》の喉のように上下する。知らずに侍は胸の内で〈ひとつ……ふたつ……〉と勘定を始めていた。

居間の空気が弦を張り詰めたように堅くなっていく。時折、侍に向ける父の目に明らかな狼狽《ろうばい》が浮かんでいた。

「ええいっ、どうした。思い切りせよ、せよ！」

三十を数え終えた侍が声を張る。

「だ、旦那。餓鬼ですからそう叱られちゃ」

「莫迦《ばか》な。最前まで垂れ放題でいたではないか」

見れば倅は既に頬を泪《なみだ》で濡らしている。

更にその下に居る娘も明らかに怯えていた。

「お父上……何を為さろうというのですか」

「ええい！　構うな。おまえは凝《じ》っとしておれば良いのだ」

すると倅がしくしくとしゃくり上げ始めた。

生来、優しい気持ちの娘は目を失った代わり聴覚は優れていた。

「児《こ》？　もし。童《わらわ》がいるのですか？　なぜ？」

「五月蠅《うるさ》い！　静かにしておれというのに」

娘が半身を起こしかけるのを侍は押し留め、倅の腹を撫《な》で撫で排尿を促そうとする父をキッと睨み付けた。

「貴様！　まさか謀《たばか》ろうというのではあるまいな」

「旦那、落ち着いてくだせえ」

その時、倅の朝顔の先から僅かに迸《ほとばし》るものがあった。が、それは娘の顔を外れ夜具に零《こぼ》れ、すぐに止《や》んでしまった。

「あ！」侍と父が同時に叫んだ。指先に飛んだ滴を鼻先に近づけた娘の頬に赤みが差した。

「父上、こ、これは……なにを為されます」

「黙れ！　おまえの為ぞ！」

侍は遂に抜刀した。

「だ、旦那！」

「父《ちゃん》！　おっかねぇ！」初めて倅が叫ぶ。

「尿を！」

「だ、旦那、今日のところは勘弁してやってくだせえ。明日、明日には屹度《きっと》。屹度」

「成らぬ！　娘に生き恥を二度も味わわせるわけには参らぬ！」

侍は刀の切っ先を倅の柔らかな腹に押し付けた。

「父《ちゃん》！」倅は全身を、ぶるぶると震わせていた。

「お父上、もう結構にござります！　無体なことは無用にと願いとうございます！」

「だ、旦那ぁ」倅から手を離した父が土下座をしてから、侍を拝むようにした。

――ウムッ。

刀が一閃し、父が絶叫した。両の瞼が真一文字に切り裂かれ、ぱっくりと黒目が上下に分かれるのが見えた。

父子が同時に悲鳴を上げ、娘も泣いた。

「何をしている！　尿をせねばおまえの父親《てておや》はこのまま盲《めしい》ぞ！　さあ尿を！　おまえの腹を捻じ潰してでも尿をするのだ！」

父の怪我を見た倅の顔が突然すっとした真顔となり、満身で息《いき》んだ。途端、奇妙な喇叭《らっぱ》と共に倅の股間から泥のようなものが噴出し、娘と夜具共々へと飛散した。

父子は蒼白となった。

「下郎《げろう》！」

余りのことに逃げかけた娘を踏み付けた侍が倅の腹を断ち割った。裂けた肉が瑪《め》瑙《のう》の層のようにぬらめくと血潮が溜まりに溜まった尿と共に迸った。娘の襟首を摑《つか》みあげ、侍が噴血と尿をその顔面に当てた。

「ち、畜生！」倅の斬殺を悟った父が全身で侍にむしゃぶりつく。

侍は其れを足蹴にするとまずは頭を目がけ唐竹を割るように斬り、続く二の太刀で胴を薙《な》ぎ、更にひるがえったその背を袈裟懸《けさが》けに斬り下ろす。が、尚も父は斃《たお》れなかった。侍の腕にしがみつくと目をカッと見開き〈あんまりだ……あんまりだ〉と云った。その顔にある、裂けたはずの眼球がひとつにくっついているのを侍は認めた。

「黙れ！　貴様らにもう用はない！」

父の軀《からだ》を振り払い、二度三度斬りつけると臓物が足元に散らばり、片腕が落ちた。放血により蠟《ろう》のように白くなった父は目を上ずらせ、尚も近づいてくる。

「己《おのれ》、血迷ったな！」

斬り落とさんと首筋に刀を叩きつけたが血糊で鈍《なま》ったものか刃毀《はこぼ》れしたものか、刀はその中ほどで埋まったまま抜けなくなってしまった。父が残った片腕で侍を摑もうと藻掻《もが》く。そのまま体勢を崩した両人は夜具に倒れた。すると父は深々と首に喰い込んだ刃に、まま滑らせるようにして侍の眼前に近づくと吐血で煮凝《にこご》った歯を剥《む》きだし、顔に嚙《か》み付いた。

顔の真ん中に火箸を突き込まれたような鋭い痛みに侍は動顛《どうてん》し、顔をもぐように引き離すと父の上に馬乗りとなり、喰《く》い込んだ刀の峰に両手を当て、押し切るようにして首を切断してしまった。それでも父の手は袴の裾を摑んで離さなかった。

我に返り、娘を探すと部屋の隅に佇立《ちょりつ》する影《かげ》ひとつ。

それは慥《たし》かに侍を見ていた。

瞑《つむ》っていた瞼が開き、美しい瞳が慥かに侍の姿を捉《とら》えていた。

刀を捨てた侍が駆け寄り、その細い肩を抱く。

「見えるか！　慥かに見えるのだな！　でかした！　でかしたぞ！」

そう喜んだ刹那、娘の口から身の毛もよだつ絶叫が迸り、地獄絵図と化した光景を指差したまま、やがて狂笑へと転じた。

「一件は忽《たちま》ちのうちに露見し、お家は改易《かいえき》になったそうだ」

主の話に手代は言葉を失っていた。

雨が止んだのか虫の音が響いていた。

また奥から狂った女の泣き声がした。

「すまぬ」

主が腰を上げ、再び奥へと消えた。

その隙に荷物をまとめた手代は後も見ず、一目散に夜道を駆け出したという。

本書は、書下ろしに『大江戸怪談草紙 井戸端婢子《いどばたぼつこ》』（竹書房文庫・二〇〇七年一月刊行）の一部と「ＩＮ☆ＰＯＣＫＥＴ」二〇一七年四月号～七月号で連載された作品を加えた、講談社文庫オリジナルです。

画・宇野信哉

|著者| 平山夢明　1961年神奈川県川崎市生まれ。学生時代はホラー映画の自主制作に没頭した。一方「デルモンテ平山」名義で雑誌「週刊プレイボーイ」でビデオ評論を手がける。1993年『新「超」怖い話』、1994年『異常快楽殺人』より本格的な執筆活動を開始。1996年『SINKER 沈むもの』で小説家デビュー。2006年、短編「独白するユニバーサル横メルカトル」で日本推理作家協会賞短編部門、『DINER』で2010年日本冒険小説協会大賞、2011年大藪春彦賞を受賞。著書には他に『ミサイルマン』『或るろくでなしの死』『暗くて静かでロックな娘』『ヤギより上、猿より下』などがある。実話怪談では「『超』怖い話」シリーズ、「東京伝説」シリーズ、「怖い本」シリーズ、「顳顬草紙《こめかみそうし》」シリーズ、『平山夢明 恐怖全集』（全6巻）他多数。

大江戸怪談《おおえどかいだん》どたんばたん（土壇場譚）　魂豆腐《たまどうふ》

平山夢明《ひらやまゆめあき》

講談社文庫

定価はカバーに
表示してあります

2017年12月15日第1刷発行

発行者――鈴木　哲
発行所――株式会社　講談社
東京都文京区音羽2-12-21　〒112-8001
電話 出版（03）5395-3510
　　 販売（03）5395-5817
　　 業務（03）5395-3615

Printed in Japan

デザイン―菊地信義
製版――凸版印刷株式会社
印刷――凸版印刷株式会社
製本――株式会社国宝社

ISBN978-4-06-293782-5

講談社文庫刊行の辞

二十一世紀の到来を目睫に望みながら、われわれはいま、人類史上かつて例を見ない巨大な転換期をむかえようとしている。

世界も、日本も、激動の予兆に対する期待とおののきを内に蔵して、未知の時代に歩み入ろうとしている。このときにあたり、創業の人野間清治の「ナショナル・エデュケイター」への志を現代に甦らせようと意図して、われわれはここに古今の文芸作品はいうまでもなく、ひろく人文・社会・自然の諸科学から東西の名著を網羅する、新しい綜合文庫の発刊を決意した。

激動の転換期はまた断絶の時代である。われわれは戦後二十五年間の出版文化のありかたへの深い反省をこめて、この断絶の時代にあえて人間的な持続を求めようとする。いたずらに浮薄な商業主義のあだ花を追い求めることなく、長期にわたって良書に生命をあたえようとつとめるところにしか、今後の出版文化の真の繁栄はあり得ないと信じるからである。

同時にわれわれはこの綜合文庫の刊行を通じて、人文・社会・自然の諸科学が、結局人間の学にほかならないことを立証しようと願っている。かつて知識とは、「汝自身を知る」ことにつきていた。現代社会の瑣末な情報の氾濫のなかから、力強い知識の源泉を掘り起し、技術文明のただなかに、生きた人間の姿を復活させること。それこそわれわれの切なる希求である。

われわれは権威に盲従せず、俗流に媚びることなく、渾然一体となって日本の「草の根」をかたちづくる若く新しい世代の人々に、心をこめてこの新しい綜合文庫をおくり届けたい。それは知識の泉であるとともに感受性のふるさとであり、もっとも有機的に組織され、社会に開かれた万人のための大学をめざしている。大方の支援と協力を衷心より切望してやまない。

一九七一年七月

野間省一

小沼 丹
藁屋根
大寺さんの若かりし日を描いた三作と、谷崎精二ら文士の風貌が鮮やかな「竹の会」、チロルや英国の小都市を訪れた際の出来事や人物が印象深い佳品が揃った短篇集。
解説=佐々木 敦　年譜=中村 明
978-4-06-290366-0
おD10

丹羽文雄
小説作法
人物の描き方から時間の処理法、題の付け方、あとがきの意義、執筆時に適した飲料まで。自身の作品を例に、懇切丁寧、裏の裏まで教え諭した究極の小説指南書。
解説=青木淳悟　年譜=中島国彦
978-4-06-290367-7
にB2

徳田球一／志賀義雄
獄中十八年
非転向の共産主義者二人。そのふしぎに明るい語り口は、過去を悔いる者にはあまりに眩しく、新しい世代には希望を与えた。敗戦直後の息吹を伝えるベストセラー。
解説=鳥羽耕史
978-4-06-290368-4
とK1

講談社文庫　目録

東野圭吾　時　生
東野圭吾　赤い指
東野圭吾　流星の絆
東野圭吾　新装版 浪花少年探偵団
東野圭吾　新装版 しのぶセンセにサヨナラ
東野圭吾　新参者
東野圭吾　麒麟の翼
東野圭吾　パラドックス13
東野圭吾　祈りの幕が下りる時
東野圭吾作家生活25周年祭り実行委員会　東野圭吾公式ガイド〈読者1万人が選んだ東野作品人気ランキング発表〉
姫野カオルコ　ああ、懐かしの少女漫画
姫野カオルコ　ああ、禁煙vs.喫煙
平野啓一郎　高瀬川
平野啓一郎　ドーン
平野啓一郎　空白を満たしなさい(上)(下)
平山　譲　片翼チャンピオン
百田尚樹　永遠の0《ゼロ》
百田尚樹　輝く夜
百田尚樹　風の中のマリア
百田尚樹　影法師
百田尚樹　ボックス！(上)(下)
百田尚樹　海賊とよばれた男(上)(下)
ヒキタクニオ　東京ボイス
ヒキタクニオ　カワイイ地獄
平田オリザ　十六歳のオリザの冒険をしるす本
平田オリザ　幕が上がる
ビッグイシュー 枝元なほみ　世界一あたたかい人生相談
久生十蘭　久生十蘭「従軍日記」
東　直子　さようなら窓
東　直子　らいほうさんの場所
東　直子　トマト・ケチャップ・ス
平敷安常　キャパになれなかったカメラマン(上)(下)〈ベトナム戦争の語り部たち〉
樋口明雄　ミッドナイト・ラン！
樋口明雄　ドッグ・ラン！
平谷美樹　藪の奥〈眠る義経秘宝〉
平谷美樹　居留地同心・凌之介秘帳 小倫敦の幽霊
蛭田亜紗子　人肌ショコラリキュール
樋口卓治　ボクの妻と結婚してください。
樋口卓治　続・ボクの妻と結婚してください。
樋口卓治　もう一度、お父さんと呼んでくれ。
樋口卓治　「ファミリーラブストーリー」
平山夢明　どたんばたん(土壇場譚)〈大江戸怪談〉
東川篤哉　純喫茶「一服堂」の四季
東山彰良　流《りゅう》
藤沢周平　新装版 春秋の檻〈獄医立花登手控え(一)〉
藤沢周平　新装版 風雪の檻〈獄医立花登手控え(二)〉
藤沢周平　新装版 愛憎の檻〈獄医立花登手控え(三)〉
藤沢周平　新装版 人間の檻〈獄医立花登手控え(四)〉
藤沢周平　新装版 闇の歯車
藤沢周平　新装版 市塵(上)(下)
藤沢周平　新装版 決闘の辻
藤沢周平　新装版 雪明かり
藤沢周平　義民が駆ける〈レジェンド歴史時代小説〉
古井由吉　野川
船戸与一　夜来《イエライ》香《シャン》海峡
船戸与一　新装版 カルナヴァル戦記
藤田宜永　樹下の想い

講談社文庫　目録

堀江邦夫　原発労働記
保阪正康　昭和史七つの謎
保阪正康　昭和史七つの謎 Part2
保阪正康　天皇〈「君主」の父、「民主」の子〉
保坂和志　未明の闘争(上)(下)
堀江敏幸　熊の敷石
堀江敏幸　燃焼のための習作
本格ミステリ作家クラブ編　珍しい物語のつくり方〈本格短編ベスト・セレクション〉
本格ミステリ作家クラブ編　法廷ジャックの心理学〈本格短編ベスト・セレクション〉
本格ミステリ作家クラブ編　見えない殺人カード〈本格短編ベスト・セレクション〉
本格ミステリ作家クラブ編　空飛ぶモルグ街の研究〈本格短編ベスト・セレクション〉
本格ミステリ作家クラブ編　凍れる女神の秘密〈本格短編ベスト・セレクション〉
本格ミステリ作家クラブ編　からくり伝言少女〈本格短編ベスト・セレクション〉
本格ミステリ作家クラブ編　探偵の殺される夜〈本格短編ベスト・セレクション〉
本格ミステリ作家クラブ編　墓守刑事の昔語り〈本格短編ベスト・セレクション〉
星野智幸　毒身
星野智幸　われら猫の子
本田靖春　我、拗ね者として生涯を閉ず(上)(下)
本城英明　警察庁広域特捜官　梶山俊介〈広島・尾道「刑事《デカ》殺し」〉

堀田純司　スゴい雑誌〈「業界誌」の底知れない魅力〉
堀田純司　僕とツンデレとハイデガー〈ヴェルシオン　アドレサンス〉
本多孝好　チェーン・ポイズン
穂村弘　整形前夜
堀川アサコ　幻想郵便局
堀川アサコ　幻想映画館
堀川アサコ　幻想日記店
堀川アサコ　幻想探偵社
堀川アサコ　幻想温泉郷
堀川アサコ　大奥の座敷童子
堀川アサコ　おちゃっぴい〈大江戸八百八〉
堀川アサコ　月下におくる(上)(下)〈沖田総司青春録〉
本城雅人　境界〈横浜中華街・潜伏捜査〉
本城雅人　スカウト・デイズ
本城雅人　スカウト・バトル
本城雅人　嗤うエース
本城雅人　贅沢のススメ
本城雅人　誉れ高き勇敢なブルーよ
本城雅人　シューメーカーの足音

堀川惠子　裁かれた命〈死刑囚から届いた手紙〉
堀川惠子　死刑の基準〈「永山裁判」が遺したもの〉
堀川惠子　永山則夫〈封印された鑑定記録〉
堀川惠子・小笠原信之　チンチン電車と女学生〈1945年8月6日・ヒロシマ〉
ほしおさなえ　空き家課まぼろし譚
誉田哲也　Qros《キュロス》の女
松本清張　草の陰刻
松本清張　黄色い風土
松本清張　黒い樹海
松本清張　連環
松本清張　花氷
松本清張　ガラスの城
松本清張　殺人行おくのほそ道(上)(下)
松本清張　塗られた本
松本清張　熱い絹(上)(下)
松本清張　邪馬台国　清張通史①
松本清張　空白の世紀　清張通史②
松本清張　カミと青銅の迷路　清張通史③
松本清張　天皇と豪族　清張通史④

2017年10月15日現在